# 老いの日々

秋山正幸短編集

妻と娘と孫たちとの物語

図書新聞

# 老いの日々

秋山正幸短編集

妻と娘と孫たちとの物語

# 老いの日々——目　次

# タンバリンの音

# 1

大船駅からさほど遠くない丘の上に、スレート葺きの家が数軒並んで建っていた。いちばん手前に石川秀男の家があった。三十数年前に建てたこの家は、屋根や外壁などが傷んできて、ときどき修繕を余儀なくされていた。しかし、私立高校の校長を退職した秀男には、家を建て替える余裕はなかった。老後に備えて、退職金を蓄えておかなければならなかったからだ。彼は住み慣れた家で、静かに余生を送るつもりだった。

平成二十三年、うららかな春の土曜日、秀男は和服を着て居間のソファーに体を横たえながら、ゆっくりと新聞の文化欄に目を通していた。

チャイムの音が部屋中に響いた。誰か来訪者だ。

「晴美、お客さんが見えたようだ。玄関に行ってくれないか」

秀男は台所で朝食の後片づけをしている二女の晴美に言った。

「はい、パパ。私が行くわ」

晴美ははきはきした口調で言って、玄関まで急いだ。

「お姉さん、良太君、いらっしゃい。さあさあどうぞ」

「こんにちは、お久しぶりです」

長女の弘美の声だった。

「おじゃまします」

良太の元気な声が聞こえた。

「パパ、お姉さんと良太君よ」

晴美は陽気な声で知らせた。

「そうか。こちらに通しなさい」

「はい、パパ」

晴美がそう言っている間に、弘美が大きなバッグを持って、良太と一緒に居間に姿を現した。

「パパ、こんにちは。お元気?」

弘美は優しい笑顔を見せた。

「見た通り元気だ。良太、だいぶ背が伸びて、少年らしくなってきたね」

秀男は視線を弘美から良太に移して、目を細めて喜んだ。

「おじいちゃん、こんにちは」

良太の無邪気な顔に笑みがこぼれた。

「ママはお出掛け?」

弘美は台所の中を覗き込みながら尋ねた。

「そうだ。スーパーに買い物に出掛けた。すぐ戻ると思う」

秀男は新聞をテーブルに置いた。

「ねえ、昨年、パパがフランスを旅行した時に、アヴィニョンの文字が入ったシャツを大小二枚買ってきてくれたでしょう。今日、良太とお揃いで着てきたのよ」

弘美は胸の文字に右手を当てた。

「先ほどから、アヴィニョンの橋の光景を懐かしく思い出していたところだよ」

「良太、シャツをいただいたお礼を言いなさい」

弘美は良太に視線を向けた。

「おじいちゃん、ありがとう」

良太は軽く頭を下げてから、とことことソファーのところまで歩いて来て、和服姿の秀男の袖をつかまえて、

「おじいちゃん、テレビゲームをやろうよ」

とせがんだ。

「良太！　ママはね、今日、良太のおじいちゃんに相談があって来たのよ。テレビゲームは後でやっていただきましょうね」

弘美は首を横に振って良太をたしなめた。

「いいじゃないか。子どもは好奇心が旺盛だ。いつもゲームを楽しみにわが家に来るんだからね」

「はい、はい。分かりました。私たち姉妹には厳しく、孫には甘いんですからね。良太、よかったわね。これからおじいちゃんと野球のバッティングゲームをしなさい」

弘美は良太を手もとに引き寄せた。

大型テレビの前で、秀男は良太を相手にして、バッティングゲームに熱中した。

「おじいちゃんは、よく手をふらないからボールにあたらないんだ」

ゲームは十分ほど続いたが、良太は秀男より得点を重ね、歓声を上げた。

「ただいま！」

孝子の声が聞こえた。

「ママが帰って来たわ」

弘美が玄関に急いだ。良太が後を追った。

「あら、弘美ちゃんが来ているの？　良太も一緒に」

孝子の声が弾んだ。

「ママ、お久しぶりです。良太、おばあちゃんにご挨拶しなさい」

「こんにちは」

良太の甲高い声が聞こえてきた。

「良太ちゃん、こんにちは。今日はセールの日だったから、ミカンを沢山買ってきたわ」

ミカンの入ったビニール袋を右手に持って孝子が居間に入ってきた。

「ママ、お帰りなさい」

晴美は花柄の前掛けの後ろのひもを結び直して、台所から出てきた。孝子は、

「晴美ちゃん、ミカンを入れるお皿を持ってきてちょうだい」

と言った。

「はい、ママ」

晴美は、台所の戸棚から大きな益子焼の皿を持ってきて、テーブルの上に置いた。

「ありがとう。良太が来ると分かっていたら、もっと沢山買ってくればよかったわ。良太はミカンが大好きだものね」

孝子は残念そうな顔をして、ビニール袋の中から、ミカンを取り出した。

「あら、腐ったものが二個入っている。まったく失礼しちゃうわ。ねえ、晴美ちゃん、ミカンを取り替えてきてくれる?」

孝子は急に不機嫌になった。

「そういうことは苦手なの」

「どうして?」

「だって」

晴美は不愉快そうに眉根を寄せた。

「ぽかぽかした春の陽気だ。一休みしてから、良太と一緒に散歩がてら、もう一度スーパーに行って、その腐ったものを取り替え、それからもう二袋ミカンを買ってきなさい」

秀男は孝子にそう言ってから、晴美にむかって、

「晴美はママの代わりに昼食の支度をするんだよ。いいね」

と言った。

「分かりました」

晴美は間髪を入れずに言った。

孝子はぶつぶつ呟きながら良太と手を繋いでスーパーに出掛けた。

秀男は弘美を書斎に呼んだ。

「相談があると言っていたが、何の話だね？」

秀男は先ほどから弘美の言葉が気に掛かっていた。

「次の赤ちゃんが生まれるのよ。もう四カ月に入るところなの。産前から産後まで、この家にお世話になっていいかしら？」

「もちろん、いいとも。誰にも遠慮はいらないよ。めでたいことだ。嬉しい知らせだよ。ところで、良太はどうするんだ」

「少し遠くなるけど、ここから幼稚園に通わせたいの」

「そうか、そうか、分かった。相談事というからお金のことかと思った。子どもが生まれれば何かと物入りだろう。出来るだけ援助してやるよ。孝子はもう二番目の子が生まれる頃だわ、と言っていた。女性は霊感がよく働くものだね」

秀男は素直に喜んだ。

玄関がにわかに騒がしくなった。孝子と良太がスーパーから戻ってきたのだ。

居間に入るなり、孝子は、

「ああ、くたびれた。坂を上るのがきついのよ。良太は足が速いのね。もう追いつけなくなったわ」

と言って、ミカンの入った二つの袋をテーブルの上に置いた。

その時、台所から弘美と晴美が居間にやってきて、

「ママ、お疲れさん」

と声を揃えて言った。

良太は取り替えてきた大きなミカンを両手に持って、頭の上に高々とあげた。

「良太、よかったね」

秀男がそう言うと、皆は満面に笑みを浮かべて拍手した。

その日、弘美と良太は一泊した。

翌朝、孝子は朝食の準備を調えた。食堂の席に晴美、弘美、良太が座り、孝

子がお盆にのせてサラダを運んできた。

「パパはどうしたのかしら。遅いわね」

弘美は心配した。

「いつも、夜に書き物をしているから、朝起きるのが遅いのよ」

晴美が横から口を出した。

孝子は額にしわを寄せて、「呼びましょう」と言って、タンバリンを叩いたが、秀男が起きてくる気配は感じられなかった。

「ママ、何してるの？　ひどいわ」

弘美は驚きの声を上げ、目を白黒させた。

「こうしないと起きないのよ」

孝子は戸惑う弘美の前で、少し間を置いてから、もう一度、力強くタンバリンを叩いた。バン、ジャラジャランという音が二階まで鳴り響いた。

秀男は慌てて階段を下りて、食堂に顔を見せた。

「遅くなって、ごめん」

秀男は右手で目尻をこすりながら、自分の席に座った。

## 2

春分の日、秀男は孝子と二女の晴美と一緒に墓参りに行くことに決めた。秀男はダークスーツに黒ネクタイを締め、紫無地の着物に身を包んだ孝子を伴って家を出た。晴美は長い髪を後ろで束ね、黒のワンピースを着て、

「一家揃っての外出は久しぶりね」

と大きな声を出して、急いで両親に追いついた。

墓は港区の丘の上にあった。石の階段を上って行くと、右手に由緒ある大きな寺があり、正面には常緑樹を背景にして鐘楼が見えた。

秀男は住職に挨拶してから、墓地に行き、布で墓石をきれいに拭き、水をかけ、花を生けた。次に線香に火を点け、墓前に捧げ、家族は順に並んで先祖に

祈りを捧げた。

家族は、午後三時頃、新橋駅の近くの喫茶店でコーヒーを飲み、一休みしてから、大船駅に向かった。

寺の階段を上ったり下りたりして、秀男は疲れていたので、大船駅に下車してから、家族と一緒にすぐにタクシーに乗った。

運転手は顔見知りだった。

タクシーは坂を越えて平坦な道に入った。ちょうどその時に、

「ここで止めて下さい」

突然、孝子は言った。

運転手は慌てて道路の左側に車を止めて、

「石川さん、家まで行かなくていいんですか?」

と怪訝な顔をして尋ねた。

「そうだ。友人の家を訪ねる約束をしていた。前もって言わなくて、悪かったね」

秀男は機転を利かせた。

「分かりました」

運転手は即座に答えて、家族が車から降りると、駅の方向に戻って行った。

「私は何も聞いていなかったわ。パパ、友人の家はこの近くなの？」

晴美は不満そうに口先を尖らせた。

その時、孝子は口にハンカチを当ててくすくす笑っていた。

「友人の家を訪ねる約束などはしていないんだよ。健康のために、ここから家まで歩いて行こうという孝子の心配りだ。運動不足になりがちだからね」

「では、どうしてあんな嘘をついたの？」

「そう言わないと私の面子《メンツ》が立たないだろう。現役時代にはしょっちゅうタクシーを利用していたからね」

「本当はね、私にもちゃんと分かっていたのよ。私もママに同じようなことをされたことがあったわ。みっともないったらありゃしない。ここはタクシーのメーターがあがる直前の場所なのよ。たかが数十円安くなるだけだわ」

「何だ、晴美も分かっていたのか」

「上手にお芝居をしたって、私にはちゃんと分かっているのよ」

晴美はそう言ってから、母に向かって、

「ママ！　パパはね、校長としての務めを立派に果たして退職したのよ。わが家の玄関の前までタクシーで送ってあげるべきだったわ。夫婦であっても礼儀というものがあります」

晴美はたまり兼ねて言った。

「晴美ちゃん、分かったわ。でも、もう給料は入ってこないのよ。できるだけ節約しましょうね。秀男さんは、健康のために、歩いたり、バスに乗ったりしたほうがよいと思うの。良太が高校生になるまでは元気でいてほしいのよ」

「パパは退職金をもらっているでしょう。老後は、パパの自由を守ってあげましょうよ」

晴美はそう言って、現役の時よりは幾分痩せた父の横顔を覗いた。

「晴美、ありがとう。孝子も私の退職後の健康を心配してくれているんだよ。何とか夫婦仲よく静かに余生を送るつもりだ」

そう言っているうちに、秀男たちは家の玄関までたどり着いた。

「やれやれ、やっとわが家に帰った。孝子や晴美にお世話になった。ありがとう」

秀男は、丘の上から丹沢の山並みのほうに向かって深呼吸をした。

西空の雲間から、夕陽が輝き、家の出窓を赤く染めていた。

## 3

秀男はタンバリンの音で目を覚ました。二階の寝室からパジャマ姿で、階段

を下りた。孝子は、

「あなた、電話ですよ」

と言って、受話器を秀男に手渡した。大学時代の同級生の大島が同窓会の日程を打ち合わせしたいという内容の電話だった。

孝子は一年くらい前から、食事の用意ができた時とか、電話がかかってきた時に、タンバリンを二回叩くことにしていた。インターホンが故障してから、タンバリンを使うようになった。

タンバリンを使用する前には、しばらく、秀男が外国から土産に買ってきた鈴を鳴らしていた。

「そんな猫を呼ぶような合図はよしてくれ」

ある時、たまり兼ねた秀男は不機嫌な顔をして言った。

「あら、ごめんなさいね。じゃタンバリンを使いましょう。それならいいんじゃないかしら?」

彼女は彼に同意を求めた。

「うん、ではそうしよう」

秀男は不本意ながら承知した。新婚ほやほやの頃には孝子は二階まで上がってきて、「お食事の用意ができましたよ」と言ったものだった。しかし、最近、孝子は少し足腰が弱ってきていた。そういうことを斟酌すれば、孝子がタンバリンの使用を提案してきたことは、なかなか賢明な策だとも考えられ、秀男は強く反対することができなかった。

というのは、秀男は自分の感情を抑制し、他人の気持ちを大切にする「和」の精神を生活信条として生きてきた人間だったからだ。

この間、たびたび電話をかけてくれる大島と、思いがけず銀座の和光の前で会った。

「君の家ではお孫さんがよくタンバリンで遊んでいるね」

大島はふと思い出したように、何気なく言ったものだ。秀男は、

「うん、うん」

と返事しただけで、それ以上のことは何も言わなかった。


タンバリンの使用は秀男夫妻のお互いの了解事項だった。しかし、夕方、郷土の陶芸家の伝記の執筆に熱中して、これからいよいよ話が本論に入ろうとしている時に、タンバリンの音が聞こえてくると、秀男は、

「もうちょっと、待ってくれ」

と心の中で叫んで、そのまま、二、三分書き続けることがあった。そのような時には、さらに追い打ちをかけるように、タンバリンの音がさらに一、二回鳴り響いた。秀男は執筆を中断して平静を装って二階から下りて行って、孝子と夕食を共にした。


東京の東坂百貨店に勤めている晴美は帰りが遅く、両親と一緒に夕食を取る

ことが少なかった。家族三人が揃うのは朝食の時だけだった。

## 4

秀男は、毎年四月に、日東大学医学部総合健診センターで健康診断をしてもらうことにしていた。一週間後に「検診成績表」が郵送されてきた。検診の結果、血清鉄が基準値より少ないことが分かった。早速、秀男は近所の石沢病院に行き、かかりつけの石沢医師に相談した。

「先生、健康診断の結果、血清鉄が基準値より少ないのですが、どうすればいいのですか?」

秀男は「検診成績表」を石沢医師に手渡しながら、心配そうな声で尋ねた。

石沢医師は「血液一般検査」の項目に目を通してから、

「心配はいりませんよ。ほんのわずかに基準値より少ないだけですから」

と穏《おだ》やかな口調で言った。

「食べ物に気を付ければいいんですか？　先生」

秀男は具体的なアドバイスを求めた。

「そうです。常に栄養のバランスを考え、ホウレン草などの緑の野菜を食べるようにしたらいいですよ」

秀男は石沢医師の言葉を聞いて納得した。


浮かぬ顔をして、秀男は病院から帰宅した。

孝子は秀男の元気のない顔を見て、

「お帰りなさい。何かお医者さんから、気になることでも言われたんですか」

と尋ねた。

「いや、心配することはないんだ。ただね、血清鉄が基準値より少ないと言うんだ」

「どうすればいいの？」

「ホウレン草などの緑の野菜を食べなさいと言われたのだ」

「あら、ごめんなさいね。私の献立がよくなかったのです」

「いや、孝子のせいではない。現役時代にはパーティーが多く、家庭料理を食べる機会が少なかったからだよ。これからは心配ない」

秀男は孝子の立場を慮《おもんぱか》った。

「気を悪くしないでね。本当のことを言うと、私はホウレン草、納豆、はちみつ、きな粉が大嫌いなの。そういうものを食べないと死んでしまう、と言われれば食べますけどね。でも、あなたの健康のためには、これからご希望に添うようにしますわ」

孝子は無邪気な表情を見せた。

「娘たちが高校に通っていた頃には、たびたびホウレン草のお浸しをつくってくれたり、毎日、納豆を買ってきてくれたじゃないか」

秀男は語調を強めた。

「そうでした。娘たちの好物を食卓に並べたのよ。食べ物の嗜好はあなたにそっくりでしたからね。でも、最近は、あなたの好きな食べ物を出さなくなってしまったわね。私が嫌いだから。今、反省しているところよ」

秀男が退職し、余生を楽しむ段階になって、やっと孝子は本音を吐露したのだった。

その夜、孝子は秀男の要望に応えて、通常の献立に加えて、さらに、ホウレン草と納豆を用意したのだった。二人は仲よく夕食を共にしながら、晴美の縁談について話し合っていた。その時、

「ただいま」

と言う声が聞こえた。晴美が帰ってきたのだ。晴美はハンドバッグを居間のソファーの上に置き、茶色のスーツを着たまま、ほっと一息ついて、食堂に入ってきて、

「私も一緒にいただこうかしら」

と遠慮なく言った。

「お帰り。普段着に着替えて、早くここに座りなさいよ」

孝子はいつになく上機嫌な様子だった。

「こんなに早く帰ることは珍しいことだ。一緒に食べよう」

秀男は晴美に笑顔を向けた。

久しぶりに晴美は両親と夕食を共にした。

「あら、ホウレン草のお浸しがあるわ。最近、食べたことがなかったわね、ママ」

晴美は率直に意見を述べた。

「秀男さんはお医者さまからホウレン草を食べなさい、と言われているのよ」

孝子は即座に言った。

「ねえ、ママ、パパは体の具合が悪いの？」

「血清鉄が基準値より少ないんですって。でも、心配するほどでもなさそうよ」

「そう、鉄分を補給するためには、ホウレン草がいいと言われているからね、パパ、大丈夫なの？」

「晴美、心配はいらないよ。でも、こんど孝子がホウレン草を献立に加えることになった。嬉しいことだ。孝子は、弘美や晴美が高校生の頃、ホウレン草や納豆をよく買ってきてくれた。娘たちの健康を考えてくれたんだよ。だが、本当はね、ホウレン草や納豆は大嫌いだと言うんだ」

秀男は苦笑した。

「そう言えば、ママは納豆を食べたことがなかったわね」

「うん、そうなんだ。人間の嗜好はさまざまだからね。おそらく、孝子は母親の影響を受けていると思うよ」

「あなた、その通りよ。母は食べ物の好き嫌いが激しかったわ」

孝子は秀男の言葉を素直に認めた。

家族三人とも気楽に本音で話し合った。秀男にとっては久しぶりの一家団欒だった。

秀男は、子育て中に、孝子が寛容と忍耐の精神で食事をつくっていたことを知り、彼女に感謝したい気持ちで一杯だった。これからも、タンバリンの音がする度に、二階から下りて行き、孝子がゆでたホウレン草を食べることになるだろう。孝子はどんな気持ちで料理するのだろうか。秀男は、孝子がタンバリンを叩いて、電話や食事の合図をすることに、初めは心の中で抵抗を感じていたのだった。しかし、インターホンの音よりも、子どもが好むタンバリンのほうが、人間の心を豊かにするのではないか、と思うようになった。今では、タンバリンの音は、秀男の日常生活にとって欠かすことのできない喜びの音なのだ。時には「ちょっと待って、分かったよ。そんなにむきになって叩くなよ」

と言いたくなることがあっても。

## 5

六月に、晴美は東坂百貨店に勤務している大学の先輩の中山栄一と結婚し、池袋のホープマンションで新生活を送っていた。

十月に、弘美は無事に女の子を出産し、十二月に、良太を連れて、戸塚駅の近くの自分の家に帰って行った。

翌年の三月、秀男は、栃木県のある陶芸家の伝記を上梓し、多年の努力が実ったという達成感に浸っていた。三十歳の頃、秀男は郷土の現代工芸展で、その陶芸家の鉢《はち》や皿や壺の奥深い重厚な美しさに魅了されたのだった。それらは、日常生活に密着した工芸品だと思った。その時、その巨匠の精神構造の真髄を探求し、その成果を一冊の本にまとめたいと思った。退職して、やっと望みが叶ったのだ。

しかし、気が付いてみると、三キロも痩せ、心身とも疲労していると感じた。

一方、孝子は五年前から、週二回、ボランティアとして新生保育園で子どもの世話をしており、疲れた顔も見せず、元気溌溂としていた。七十五歳とは思えなかった。

ある晴れた日の午後、秀男は居間のソファーにぐったりと身を沈めて、庭先の梅の花に見蕩《みと》れていた。

「あなた、近頃、元気ないわね。体の具合が悪いの？」

孝子は心配顔で尋ねた。

「伝記を一冊、書き上げたからね。今になって、どっと疲れが出てきた感じだ。何と言ってももう後期高齢者だからね。でも、心配はいらないよ」

「そうね、根をつめて書き物をしていたからよ。しばらく休養を取ってから、気分転換に歌謡教室に通ったらどう？」

「うん、私もそう思っていたところだ。ところで、孝子は元気だね。バスやタクシーを利用せず、荷物を下げて、坂を上ったり下りたりしている。隣の奥さんが感心していたよ」

「私はね、園児たちから元気をもらっているのよ。保育園の玄関に入ると、園児たちが孝子先生と言って、私に抱きついてくるの。子どもって可愛いものよ。みんなで散歩に出掛ける時に、男の子が、私の靴を玄関に持ってきてくれるの。可愛いでしょう。私は公平に代わる代わる手を繋いであげるの」

「楽しそうだね。子どもは天真爛漫だからね」

「そうよ。時には手を焼くこともあるけど」

「どんな時?」

「気の合わない子どもどうしが喧嘩する時があるのよ」

「そういう時はどうするの?」

「おねえさんにピアノを弾いてもらって、私が大きい声を出して、童謡を歌うの。園児たちは目を輝かして、一斉に私に目を向けるのよ。喧嘩は収まるわ」

「なるほど。よく考えたもんだね」

「テレビで子どもの番組を観てヒントを得たのよ」

「そう言えば、いつも夕方にテレビで子どもの番組を喜々として観ているね。おばあさんは子どもに帰っていくのだな、と思っていたのだ」

「楽しいですよ。殺人事件のドラマより、心が洗われ、童心に返ることができて、毎日がとても快適だわ。私の若返りの秘訣よ」

「よく分かるよ。子どもは、純真無垢《むく》で、正直で、いつも活発だ」

「だから可愛いのよ。今年度もいよいよ終わりだわ。来週の土曜日に卒園式があるの。初めて世話をした園児たちが、四月から小学校に入学するのよ。生後六カ月で入園した園児たちが、哺乳瓶を求めて、わあうわあう泣いていた日々が昨日のように思い出されるわ。感無量ね。名残惜しいけれど、喜んで送ってあげたいと思っているわ」

「それで分かった。昨日から、ドレスの襟元にコサージをつけたり、便箋に何か一生懸命に文章を書いていたね」

「そうなの。保護者と園児に向けた送別の言葉を下書きしていたのよ。ちょうどよかったわ。私の文章を読んで下さる？」

孝子は秀男に便箋を手渡した。

秀男はゆっくりと下書きを黙読した。

「実感がこもっていて、泣けてくるよ」

「ああ、よかった。元校長先生に目を通してもらったので安心したわ」

土曜日、午前八時、晴天に恵まれた。孝子は盛装して、颯爽と新生保育園に出掛けて行った。後期高齢者とは思われない、元気な姿だった。

秀男は四月から、週に一回、午前十時に、駅の近くの歌謡教室に通うことになった。初めの十分間、歌唱力を高めるためにストレッチ体操を行い、次に発声練習を始めるのだ。第一回目には、日米の春の歌を練習した。

最近、孝子は保育園から帰ると、明るい笑顔で、新入園児たちについて、あれやこれや感想を述べるのだった。一方、秀男は、歌謡教室の楽しい雰囲気を熱っぽく語った。秀男と孝子は、老後の生きがいを見いだし、毎日、楽しい日々を送っていた。

# 小銭入れ

湘南地区の私立高校の英語教師を定年で退職してから、高村明夫は地元で文化活動などをして余生を楽しんでいた。しかし、気候不純の影響で、風邪を引き、咳が出るようになった。

平成二十五年、十一月中旬の金曜日、明夫は下村内科医院でかかりつけの医師の診察を受けてから、処方箋を持参して、近くの花園薬局に立ち寄った。

彼は椅子に座り、雑誌を読みながら、薬を受け取る順番を待った。

白衣をまとった数人の薬剤師たちが、隣の椅子に座っていた老人たちをテーブルの前に呼んで薬の説明をしていた。

数分たってから、やっと若い女性の薬剤師が明夫の名前を呼んだ。彼は風邪薬の入った袋を受け取り、自分で薬の種類を確認し、丁重に頭を下げて外に出た。

左隣にはスーパーやましげがある。いつも地域の人たちの出入りが激しく混雑していた。

明夫は入り口に置いてある買い物かごを手に持ってスーパーの中に入って行った。

野菜や果物や乳製品などを入れたかごをレジの横の台に載せて、彼は会計をすませた。

外に出ると、街路樹の銀杏《いちょう》がすっかり黄葉し、肌寒い秋風に揺れていた。

明夫は薬や健康保険証やお薬手帳の入ったバッグを右腕に抱え、左手で買い物袋を下げて、七分ほど歩いてやっと家にたどり着いた。玄関先で、ほっと溜め息をついて、小銭入れの中に入っているドアの鍵を取り出そうとした。しかし、いつも入れてあるはずの上着の左の内ポケットに小銭入れがなかった。彼は慌てふためいてその他上着のすべてのポケットを点検し、さらにバッグや買い物袋の中を念入りに探ってみた。小銭入れはなかった。取りあえず、家に入ろうと思って、チャイムを鳴らした。妻の佐知子が不審な表情を浮かべて玄関口に現れた。

「あら、あなたなの。新聞の購読料の集金人かと思ったわ。鍵はどうしたの？」

佐知子は怪訝な顔をした。

「鍵が見当たらないんだ。どこかに落としたのかもしれない」

「もう一度、落ち着いて、胸のポケットを探してみなさいよ」

「それがないんだ」

「バッグの中は？」

「そこにもない」

「買い物袋の中は？」

「ない」

「ではどこかに落としたのかもしれないわ。あなたらしくないわね。慎重な人なのに」

「だって、最近、注意散漫でつまらないミスをしているからね」

「それは困ったわね。玄関の鍵がないと家に入れないからね。私が家にいたからよかったけど」

「うん、その通りだ。どこかに落としたに違いない。スーパーのレジのところで財布から千円札を出し、小銭入れから細かい金を出したことははっきり覚えている。その後でどこかに小銭入れを落としたのだと思う。レジの周辺か、あるいは途中の路上に落としたのかもしれない。その中にドアの鍵が入っていたんだ」

「では、いま来た道をすぐ戻って、道路の上を確認したらどうかしら。もし、なかったら、スーパーのレジの周辺を探しなさいよ。お金は小銭だからあきらめられるけど、鍵は大切だから」

「そうだね、今すぐスーパーまで戻ってみることにしよう」

「それがいいわ。そうしなさい」

佐知子は心配顔を見せた。

明夫はスーパーに到着した。担当のレジの女性に事の次第を説明した。

「お気の毒に。心配ですわね」

と言って、ふっくらした頬の中年の女性がレジの周辺を探したが、明夫の小銭入れは見当たらなかった。

明夫は自分の名前と電話番号を告げ、もし誰かが拾得物を届けてくれたら、連絡してほしいと頼み、がっくり肩を落として家に帰った。


日が西に傾き、辺りに暮色が迫っていた。

突然、赤銅《しゃくどう》色の肌をした眼光の鋭い中年の男が、縦じまの紺の背広に身を包み、玄関の戸を開けて、勢いよく居間に入って来た。

「どなたですか」

明夫はソファーから立ち上がって尋ねた。

「何だって、失礼な。おれはこの家のあるじだ」

その男ははっきりと言った。

「そんなはずはありません」

明夫はどぎまぎしながら主張した。

「よいか、よく見ろ。これはこの家の玄関の鍵だ。この鍵を持っているということは、おれがこの家のあるじだという動かぬ証拠だ」

「いや、何かおかしい」

「そんなことはない」

とその男は言って、明夫をねじ伏せようとした。

一瞬、明夫はうめき声を上げて目を覚ました。

「あっ、夢だったのか」

明夫は目をこすりながら大きな溜め息をついた。

どうしてこのような悪夢にうなされたのだろうか？　明夫には思い当たる節があった。

二日前、親戚の若夫婦にベビー誕生の祝いの品を駅前のデパートから送り、その時に受け取った伝票の控えを小銭入れの中に詰め込んだような気がするのだ。そこには届け先と依頼主の住所氏名および電話番号が記入されている。拾い主はその控えを見て、紛失者の住所氏名を確認し、小銭入れの中の鍵を用いて、玄関の戸を開けることができる。そのような考えが、明夫の脳裏に潜在意識となって刻み込まれていたに違いない。

しかし、悪夢から覚めた直後なので、老人の明夫にとって、よくよく考えてみて、その伝票を小銭入れの中に詰め込んだかどうか確信を持つことはできなかった。

明夫は布団から飛び起きて、書斎に行こうとして、寝室の戸を開けた。その

時、佐知子が現れて、

「あなた、そんなに慌てて、どこに行こうとしているの?」

と尋ねた。

「書斎に行って、調べたいことがある」

「小銭入れのこと?」

「そうだ」

「小銭入れは落としてしまったんでしょう?」

「うん、その小銭入れの中に伝票の控えを入れたような気がするんだ」

「伝票の控えとは?」

「ベビー誕生の祝い品を送った時の伝票の控えだ」

「それは心配だわね」

「それで、これからそれが財布の中に入っているかどうか調べようと思っている」

「分かったわ。それが財布の中に入っていれば、小銭入れの中には入れなかったという証拠になるのね」

佐知子は心配顔で言った。

「全くその通りだ」

明夫は書斎の中に入り、バッグの中から財布を取り出し、手を震わせて中身を調べた。

「あった！」

彼は思わず声を出して、安堵した。

しかし、彼は悪夢から目を覚ましたばかりだったので、ひどく滅入っていた。

朝食を済ませてから、彼は居間のソファーに座り、新聞を読んでいた。その時、チャイムが鳴った。近所に住んでいる三女の美春が昼食のおかずを届けにきたのだ。

美春は明夫に向かって、

「お父さん、何となく元気がないわね。体の具合が悪いんじゃないの？」

と尋ねた。

「いや、大丈夫だ。別の件でちょっと気掛かりなことがあるのだよ」

「気掛かりなこと？」

「そうだ」

「どんなこと？」

「小銭入れを落としたのだ。その中にドアの鍵が入っているので、何となく気掛かりなんだ」

「それじゃ警察に紛失届を出しておいたほうがいいんじゃないの」

「うん、そうしようか。一年前に書類を紛失した時に見つからなかったから、どうせ無駄かと諦めていたところだ」

「やっぱり紛失届を出しておいたほうがいいと思うわ。重要な鍵が入っているんでしょう」

「そうなんだ。では、これから近くの駐在所に行くよ」

「そうしたほうがいいわ。お父さん」

そう言って、美春はテニスコートに出掛けて行った。

明夫は健康保険証と合鍵を手提げかばんに入れて、スーパーやましげの近くのK駐在所を訪ねた。駐在さんが現れて、

「どうぞお掛け下さい」

と言って、笑顔で椅子に座るよう勧めた。

「小銭入れをどこかに落としてしまったので届けに来ました。中に鍵が入っているので心配しています」

「お気持ちはよく分かります。実はそれらしいものを届けてくれた人がいます」

「どなたでしょうか？　もしそれならお礼を言いたいのです」

「その人は私の留守の間に机の上に小銭入れを置いて、名前も告げずに早々

に帰って行きました」

「そうですか」

「あなたが落とした小銭入れはどんな色ですか。チャックが付いていますか。それから小銭は幾ら入っていましたか」

「黒色でチャック付きです。正確には分かりませんが、小銭は四、五百円です。先ほど申し上げたように、ドアの鍵が入っています。それにスーパーの領収書が入っていたかもしれません」

明夫は記憶をたどりながら言った。

「分かりました。お金は四百五十二円入っていました」

「今日ここに持ってきた鍵と同じ型の合鍵が入っています」

明夫は合鍵を手提げかばんから取り出した。

「分かりました。間違いありません。あなたの小銭入れは本署に届けてあります」

駐在さんは真顔で言った。

「では本署にいただきに行きます」

「ちょっと待って下さい。その前に、今、ここで紛失届を書いてもらいたいのです」

駐在さんは明夫に規定の用紙を手渡した。

明夫は、紛失届に必要事項を記入してから、一刻も早く小銭入れを受け取りたかったので、

「この紛失届を持って本署に行けばいいんでしょうか?」

と尋ねた。

「そうです。かなり遠いですが、タクシーで行きますか」

駐在さんは明夫の年齢を慮《おもんぱか》った。

「近くに住んでいる娘に車に乗せてくれるよう頼んでみます」

その場で明夫は携帯電話をかけた。

「お父さん、分かっているでしょう。今、テニスコートにいるのよ。月曜日なら、本署まで車で送ってあげる。今日は土曜日でしょう。多分、紛失係は休みだと思うわ。よくお巡りさんに聞いたほうがいいわよ」

そう言って、美春は電話を切った。

明夫ははやる気持ちをおさえることができず、駐在さんに確認もせずに、いったん家に戻り、タクシーを頼んで本署に向かうつもりだった。

駐在さんに感謝の言葉を述べて、明夫はその場を立ち去った。

自宅からタクシーに乗って、明夫が、

「警察署に行って下さい」

と言った時に、ドライバーはちょっと驚いたような表情を浮かべて、後ろを振り返った。

「落し物を取りに行くんです」

と明夫が付け加えると、ドライバーは、

「よかったですね」

と安心したような声で言った。

タクシーは家屋が密集しているくねくね曲がった細い道を走って行った。目的地に近づいた頃、ドライバーは、

「何せ、不便なところです。用事がすむまで駐車場でお待ちしましょうか?」

と尋ねた。

「では、そうして下さい」

「分かりました」

程なくタクシーは目的地に到着した。明夫は本署の受付係に用件を話した。

「せっかく来ていただいたのに、申し訳ありませんが、今日は土曜日で、拾得物の担当者がおりません。私が勝手に金庫の鍵を使用することができないのです。月曜日に来て下さい。この紛失届の片隅に、土、日曜日は休みと書いてあるでしょう」

若い男性の署員は気まずげな表情を浮かべた。そのただし書きを読んで納得したが、その時、明夫は、何事につけても注意力が散漫になってきたとつくづく感じ入った。彼は待ち受けていたタクシーに乗って帰ろうとしたが、何か気が抜けて、急におなかがすいてきた。そう言えば、昼食時間はとっくに過ぎていたのに、まだ何も食べていなかったのだ。彼はドライバーに、途中、弁当を買いたいので、どこかコンビニに寄ってくれるよう頼み、家に向かった。

境川沿いのコンビニで豚カツ弁当を買って家に到着した。明夫は往復のタクシー料金を払った。ドライバーは、

「お客さん、無駄足になってしまい、残念でしたね」

と言って頭を下げた。

「今後、気を付けますよ。ありがとうございました」

明夫は自分の不注意を恥じ、重い足取りで玄関に入って行った。

居間のソファーに座り、明夫はほっと一息ついた。

「お帰り、小銭入れは見つかったの？」

佐知子が尋ねた。

「それがね、空振りだったんだよ」

「どういうこと？」

「担当者は土曜と日曜日に休みを取っているから、月曜日に来てくれと言うんだ」

「あら、そう。でも、見つかったんでしょう」

「うん、だから一安心したよ」

明夫は元気のない声で言った。

その時、チャイムの鳴る音が響いた。

「あら、どなたかしら」

佐知子は言った。

「チャイムが二度鳴った。美春だよ。いつもの習性だからね」

玄関の戸が開いて、美春が入って来た。

「お父さん、帰って来たのね。それで、小銭入れは見つかったの？」

いつもの通り、美春は元気な声を出した。

「それがね、月曜日に改めて来てくれと言うんだ。美春が言った通りだ」

「やっぱり、ちょっと心配していたのよ。半年前、お母さんがデパートのポイントカードを落とした時に、本署から連絡があり、土曜と日曜日は避けてくれと言われて、月曜日に受け取りに行った記憶があるのよ。だから、お父さんに土曜日はよしたほうがいいと言ったのよ」

「駐在さんによく確認すればよかったな」

「往復のタクシー代がもったいない。駐在さんに文句を言ったほうがいいわ」

「そんなこともあるよ。とにかく、見つかったんだからいいとしよう」

「そうね。では、月曜日に本署まで送ってあげるわ」

「ありがとう。頼むよ」

明夫は佐知子と美春の顔を交互に見ながら苦笑した。


十一月下旬、月曜日の午前十時、明夫は美春の車に乗って、本署に行き、やっと小銭入れを手に入れて家に戻った。ソファーに座りながら、彼はやっと見つけた小さな皮製品を、まるで貴重な宝物であるかのように撫でていた。佐知子は乱れた髪をかき上げながら、安堵の表情を浮かべた彼の顔を見詰めて、

「小銭入れでも、大切なものですから、これから気を付けましょうね」

と優しく言った。

「うん、その通りだ。大事な鍵が入っているから、心配していたんだ」

明夫は深く溜め息をついてうなずいた。


十二月上旬、空はよく晴れていたが、相模湾から冷たい潮風が吹いていた。

明夫は年末を迎え、新年の諸準備をしようと思い、今年の年賀状の包みをほどき、もう一度、各人の年賀状の文言に目を通した。型通りの挨拶文が多かったが、彼は添え書きに興味を持った。元職場の上司は、九十歳代まで元気で頑張ろうと力強い字で自分の熱意を述べていた。中学時代の同級生は眼病にかかり、視力が低下しているので、今後、年頭の挨拶を失礼したいとつらい胸中を述べていた。退職後、同じ音楽教室に通っていた先輩は、九十歳を越えたので年賀状の作成は取りやめたい、と体力の衰えを訴えていた。数百枚の年賀状を丹念に読んでいたが、途中、毛筆の年賀状が目に入った。浦和に住んでいる兄の忠輝の見慣れた文字だった。一瞬、言い知れぬ不安が心をよぎった。佐知子は、兄が達筆なので、いつも感心していたが、目の前の文字はわずかにゆがんでおり、力強さがなかった。兄は家庭菜園に力を入れ、いつも活力に富んでいた。明夫は兄弟の中で、兄が一番長生きするだろうと思っていた。

しかし、兄も年を取ればだんだん筆力も衰えてくるんだなあと思い、その時は、それ以上深く考えずに、次の年賀状をめくっていた。明夫は一通り、数の多い年賀状に目を通して、やっと一息ついた。

明夫は八十歳の半ばに近づき、最近、体力と気力の衰えを痛感するようになり、年賀状の挨拶文と宛先の印刷を、近くに住んでいる美春に頼むことにした。


数日後、午前六時、寝室の卓上電話が鳴り響いた。明夫は異様な胸騒ぎをおぼえた。布団から飛び起きて、受話器を取り、彼は、

「高村です」

と言った。

「朝早くごめんなさい。私は浦和の忠輝さんの隣の家の岡崎香代子です。実は先ほど忠輝さんが救急病院に入院しましたので、お知らせします。奥様の美佐子さんがぜひおいで下さいと言っていました」

香代子は哀願するような声で言った。

「分かりました。できるだけ早く病院のほうに行くことにします」

そう言って、明夫は病院名と電話番号を確認した。

明夫は久しぶりに洋服箪笥から濃紺の背広を取り出し、大急ぎで身なりを整え、財布と手帳を左右のポケットに入れ、さらに小銭入れと携帯電話を丁寧に手提げかばんの底にしまった。

「これでよし」

明夫は小声で言った。

その時、佐知子が驚いた表情を浮かべて、

「こんなに朝早くどこに出掛けるの?」

と尋ねた。

「浦和の兄が救急病院に入院した。これから見舞いに行く。病院に着いてから、兄の病状について電話するよ」

「気を付けてね」

「うん、分かった」

明夫はすぐにタクシーを呼んで、最寄りの駅に向かった。

明夫は駅の券売機の前に立ち、注意深く財布と小銭入れを取り出した。

その時、手提げかばんの中から、着信音が聞こえた。一体だれだろうと思い、急いで携帯電話を取り出した。

「もしもし明夫さんですか?」

女性の声が聞こえた。

「そうです」

「私、美佐子です。至急、お知らせしたいことがあります。今、どこにいますか?」

「兄の病院を訪ねたいと思い、これから駅で乗車券を買おうとしているところです」

「実は、先ほど忠輝さんが亡くなりました。今日は取り込んでいるので、こちらに来るのを控えていただきたいのです。これからお寺の住職に会って、通夜と葬式の日取りを決めたいと思います」

「はい分かりました。美佐子さん、兄の病名を教えてください」

「肺がんです」

「そうですか。知りませんでした。もっと早く肺がんだと分かっていればお見舞いに行ったのですが。失礼しました」

「いいえ、いいえ、家族以外の者には誰にも病名は知らせてはいけないと、主人から厳しく口止めされていたんです。こちらこそ失礼しました」

「よく分かりました」

「通夜と葬式には明夫さんに出席していただきたいので、一泊するつもりで浦和に来て下さいね」

「まことにご愁傷さまです。では詳細な日取りについて後日連絡して下さい」

「分かりました」

美佐子は苦しそうにせき込みながら話した。

その日の夜、美佐子は忠輝の通夜と葬式の日時や場所についてファックスで知らせてくれた。明夫は単身で二日後の土曜の午後六時にK斎場で行われる通夜に出席し、故人をしのび、浦和で一泊し、翌日の午前十時に葬式に臨むつもりであった。

明夫はその日程について、佐知子と相談した。彼女は、

「私は体調を崩しているので、浦和まで一緒に行かれませんが、あなたも年を取っているんですから、通夜は失礼して、日帰りで葬式に出席なさったらどう?」

と明夫の身を案じて述べた。

「うーむ、子ども時代に一緒に遊んでくれた兄弟だ。兄貴は私の来るのをお棺の中から首を長くして待っていると思うよ」

「では、あなたは浦和で一泊していいわ。葬式には娘の美春と孫の雄太も一緒に出席するように頼みましょう。それで、三人で一緒に帰って来ればいいじゃないの。それなら安心だわ」

「それはいい考えだ。日曜日だから、小学一年の雄太も美春と一緒に出席できると思うよ」

明夫は佐知子の慎重な配慮に感謝した。

土曜日の午後三時、明夫は略礼服を身に着け、黒のバッグを持って、最寄りの駅に到着し、券売機の前に近づいた。運賃表に目を向けて料金を確認し、まず紙幣を所定の場所に入れ、次に小銭入れから百円玉を取り出そうとした時に、足元のバッグにつまずいてよろけた。一瞬、彼は小銭を辺りへまき散らしてしまった。

「やった！」

女の子の甲高い声が聞こえた。

すぐ近くに一歳くらいの男の子をベビーカーに乗せ、五、六歳の女の子を連れて、ベージュのダウンコートをまとった若い母親が近づいてきた。

「あらあら、かれんちゃん、一緒に小銭を拾ってあげましょうよ」

くりくりした瞳を明夫に向けてから、女の子は柔らかな小さな手を広げて、母親と一緒に小銭をかき集めた。サラリーマン風の若い男が、駅の改札口のほうまで飛んで行った百円玉を持って来た。お陰で数分のうちに小銭を全部集めることができた。明夫は周りの人たちにお礼の言葉を述べて、乗車券を購入し、改札口に入ろうとした。女の子と一緒に若い母親はベビーカーを押して、改札口まで見送りに来た。

明夫は親子三人に大きく手を振って別れた。

「お気を付けて！」

若い母親は笑顔を浮かべて叫んだ。

彼は階段を下りて、プラットホームに着き、予定の電車に乗り、小銭入れを右手に握りながら、

「小銭入れよ、お前はなんて運がいいんだろう」

と実感を込めて呟いた。

北風が強く、寒い冬の宵だった。通夜に出席するために、明夫は午後五時二十分にK斎場に到着した。戸を開けると美佐子が迎え入れ、彼を祭壇の前へ案内した。彼はお棺に納められた安らかな兄の死に顔を見詰めてから、手を合わせ、目をつむり、深々と頭を下げて冥福を祈った。その後、美佐子と一緒に控室に戻り、兄の臨終の様子を尋ねた。

「早朝、寒い日が続くわね、と言葉を交わした時には、主人はいつもと変わらず落ち着いている様子でした。その後、私がごみ箱を外に出して戻ってくると、荒い呼吸を続けていました。すぐに救急車で入院し、応急処置をしてもらい、平静を取り戻し、やっと会話をすることができるようになったのです。ふ

と思い出したように、自分史を完成できなかったので、戦前、戦中、戦後の激動の少年時代の生活状態を、明夫さんに書き綴ってほしいと言っていました。その後、ほっと溜め息をつき、間もなく、病状が急変し、息を引き取ったのです」

美佐子は静かな口調で話した。

「そうですか。兄とはよく遊んだものです。兄弟げんかもしましたが、私の苦手な数学を丁寧に教えてくれましたよ。兄と相撲を取ったり、小川に釣りに行ったりしたものです。楽しい思い出ですね。でも、戦争中には二人とも学徒動員で軍需工場で働きました。戦後には、兄と一緒にアルバイトをしながら、大学に通いました。兄の遺言ですから、私たちの多感な青春時代を中心に自分史を書こうと思います。兄の一周忌に間に合うように頑張ってみましょう」

明夫は心を込めて熱っぽく語った。

翌日の兄の葬式には娘の美春と孫の雄太も出席した。帰途、三人で浦和駅に

着き、明夫は乗車券を買おうとしてバッグの中から財布と小銭入れを取り出して、

「三人分を買うからね」

と言った。

「ありがとう、お父さん。雄太は子ども料金だからね」

「分かった」

明夫が雄太の前で、小銭入れの中から百円玉を取り出した時に、

「おじいちゃん、これがやっと見つかった小銭入れ？」

と尋ねた。

「そうだよ」

「よかったね」

雄太はそう言って、明夫の震える手を見詰めながら、

「ねえ、おじいちゃん、小銭入れを落としてもすぐわかるように鈴を付けた

ほうがいいよ」

と言った。

「そうだな。よく言ってくれた！　明日、百円ショップに行って鈴を買うことにしよう」

明夫は目を細めて言った。

「あら、雄ちゃん、いいことを言うわね」美春は目を輝かせた。

三人は揃って家路に就いた。

翌日、午後四時、明夫老夫婦は美春と雄太と一緒にショッピングセンターに出掛け、百円ショップで鈴を購入し、その後、駅前のレストランで夕食を共にすることにした。人気のある洋食の店に入り、サーロインステーキを注文した。食事を始める前に、明夫はバッグの中から小銭入れを取り出し、鈴を鳴らして見せた。

「やった！」

雄太は歓喜の声を上げた。

「これでもう大丈夫よ！」

佐知子と美春は異口同音に言った。


翌日、明夫は久しぶりに机に向かい、自己の青春時代や教員生活の生きざまに思いを馳せ、兄の遺言を心に刻み、記憶の糸をたぐり、まだ余力のあるうちに、自分史の完成に力を入れようと決意するのだった。

# 家族の絆

## 1

平成二十六年八月下旬、高村明夫は孫の雄太と一緒に、南関東水族館に向かって、早足で歩いて行った。途中、路上で福山啓三先生とばったり出会った。

「やあ、しばらく」

福山先生は笑顔を浮かべて言った。

「久しぶりだね」

明夫は握手を求めた。

福山先生は急に顔面蒼白になり、二、三歩後ずさりしてから、

「では」

と低い声で言って、山の麓の洞窟のほうに向かって姿を消した。

明夫は雄太と手をつないで水族館に入り、イルカショースタジアムに到着し

た。イルカショーは午前十一時に始まった。雄太は目を輝かして、イルカたちの迫力ある曲芸を見て、時々、歓声を上げた。

イルカショーが終わった。

「おじいちゃん、ありがとう」

雄太は目をぱっちりと開けて微笑んだ。

「楽しかったか?」

「うん、とっても」

「では、次に洞窟に行こう」

「どうくつ?」

雄太は悲しそうな表情を見せた。

明夫は雄太を連れて水族館を出た。空は晴れ渡り、風もなく、ひどく暑かった。

「雄太、ひんやりとした洞窟に行こう」

明夫は雄太の右手を固く握り締めた。

「いやだ。くらいところでしょう。ヨウカイがいる」

「そんなものいるもんか」

明夫は雄太を引き寄せた。

木陰を縫って明夫は、無理やり雄太を洞窟の前まで連れてきた。入口の近くの小屋で、大人と子どもの入場料を払おうとした。

「いやだ、いやだ」

と雄太は叫んで、執拗に抵抗した。

ふと、その時、佐山孝秀先生が、白黒の縞模様のシャツを着て現れ、

「早く洞窟の中に入りましょう。私は終の住み家に帰ってきたんです。さあ、どうぞ一緒にまいりましょう」

と話した。

「孫がいるんです」

「何年生？」

「小学校の二年生です」

「じゃ、一人で家に帰れますよ」

その言葉を聞いた雄太は、明夫の胸を強く抱き締めて、

「おじいちゃん、行っちゃだめ。いっしょに家に帰るんだ。お母さんが早く帰ってこいと言ったじゃないの」

雄太は大声を上げて泣き出し、ぐいぐいと明夫の両手を引っ張った。

佐山先生は、薄暗い洞窟の中に入って行った。彼が後ろを振り返った時、彼の目は一種異様な光を放っていた。

明夫は雄太と一緒に帰途に就いた。

「おじいちゃん、どうくつの中に入ったらだめよ。ヨウカイに食べられてしまう」

「そうだな」

二人は大声で笑った。

明夫は笑い声を聞いて夢から覚め、協和総合病院に入院していることに気が付いた。

## 2

明夫は、片山整形外科で、腰痛と肩凝りの治療を受けていた。特にしつこい肩凝りに悩まされ、時々、大倉治療院で、マッサージ師のお世話になっていた。

明夫は、湘南地区の私立高校の英語教師であったが、退職してから自分の経験を生かして、いじめの問題に関する本を出版した。それが世間の注目を浴びて、各地で講演を依頼されるようになった。

講演のために、明夫は藤沢駅から東海道線で、東京駅に向かうつもりだった。バッグを持って駅の階段を下りた。その時、肩と背中に激痛を感じ、息苦しくなり、両手で肩を押さえて、ホームにうずくまり、痛みが治まるのを待った。

数分後、徐々に痛みが和らいできた。

不気味な不安に襲われながらも、明夫は電車に乗り、聴衆が待っている東京の東西会館に到着し、「自然体で生きる」という題名で講演した。

明夫は、演壇に立って、九十分の講演を行った。座って話をすると声がよく出ないと思ったからだ。

講演の後で、明夫は旧知の先生たちと一緒に、近くの喫茶店に入り、三十分ほどコーヒーを飲み、ケーキを食べ、談笑してから帰った。やはり、全身に疲労がたまっていたようだ。その日は、早く床に就き、十分眠ったつもりだったが、爽快な目覚めではなかった。しばらく、寝床でぐずぐずしてから、意を決して起き上がった。

朝食を取ってから、明夫は新聞を読み、一休みし、肩凝りをほぐすために、大倉治療院に出掛けた。

「高村様、お入り下さい。その後、調子はいかがですか」

担当の野島隆マッサージ師は尋ねた。

「肩凝りがひどいのです。よろしく頼みます」

明夫は懇願するように言った。

「分かりました。肩を中心にマッサージしましょう」

野島は肩をもみながら、いつも「自分は国家資格を持っており、そんじょそこらのマッサージ師とは違う」ということを強調していた。明夫はまたいつもの自慢話が始まったと思い、

「たいしたものです」

と空世辞《からせじ》を言って聞き流していた。

野島は予定の時間が過ぎてから、

「今日はこれで終わりです。調子はいかがですか。肩がすっきりしたでしょう」

と自信に満ちた態度で言った。

「はい、お陰で肩が軽くなり、全身がリラックスして、爽快な気分です」

「そう言っていただければ嬉しいです。ところで、高村様……」

野島は改まった口調で言った。

「何ですか」

「高村様、肩の痛みは内臓疾患と関係していることもあります。一度、かかりつけのお医者さんに相談してみてはいかがですか」

野島は急に真顔になった。

「分かりました。そうしましょう。明日の今頃また来ます。よろしく頼みますね」

「お待ちしております」

野島は明るい表情を浮かべて言った。

明夫は日傘を差し、自宅に向かって歩きだした。途中、肩から背中にかけて激痛が走り、顔から玉の汗が流れ落ちた。彼はハンカチで汗を拭きながら、路上にかがみ込んでしまった。数分が過ぎた。ありったけの力を振り絞って立ち上がり、やっと家までたどり着いた。

コップ一杯の水を飲んで、居間のソファーに横たわり、明夫はしばらく休息をとった。肩の激痛は治まり、普段の落ち着きを取り戻した。ふと、壁に掛けてあるカレンダーを見て、彼は「今日は日曜日だ」と呟いた。彼は妻の佐知子と一緒に日曜ごとに、娘夫婦の美春と利宏、孫の雄太を連れて、回転寿司の浜見屋で夕食を共にすることにしていた。

「ただいま」

佐知子の声が聞こえた。買い物から帰ってきたところだ。

「お帰り。この夏は特に暑い。疲れただろう」

明夫はソファーから立ち上がった。

「五時から美春たちと夕食会があるでしょう。あなた、着替えたほうがいいわよ」

佐知子は居間に入って来て言った。

「分かった」

明夫は和室に入り、外出の身支度をした。

三女の美春とその夫は歩いて数分のところに住んでいた。年老いた明夫と佐知子は、何かにつけて、娘夫婦を頼りにしていた。美春の夫利宏を高村家に迎え、近くに住んでもらうことにしたのだ。雄太は利宏と美春の間の待ちに待った息子である。明夫にとっては、雄太は目に入れても痛くないほどの孫だった。

高村老夫婦は、相互のコミュニケーションを図るために、週に一度、娘夫婦、孫の雄太と夕食を共にすることにしていたのだ。明夫は小学校二年生の雄太と話をするのが何よりも楽しみだった。

高村家一同は、浜見屋でそれぞれ好みの寿司を食べ、満足して帰宅した。

佐知子はほっと一息ついて、

「雄太は可愛いね。誰に似たんでしょう」

と明夫に言った。

「私の子どもの頃にそっくりだよ」

「あら、そうかしら」

二人は顔を見合わせて笑った。

短い沈黙の後で、佐知子は、

「風邪気味ですから、私はお風呂に入らないで、早く寝るわ。悪いわね」

佐知子はさっさと階段を上って、二階の寝室に向かって行った。

午後八時頃、明夫はテレビを消して、一《ひと》風呂浴びようと思い、ソファーから立ち上がった。その時、急に目がくらみ、肩と背中に激痛が走り、息苦しくなった。

明夫は電話の受話器を取り、救急車の出動を要請してから、娘の美春に連絡し、あえぎあえぎ階段を上って、二階の佐知子の寝室の扉を開けた。

「あら、驚いたわ。どうかしたの？」

佐知子は眉根を寄せた。

「体の具合が悪い。今、救急車を呼んだところだ」

「それは大変だわ。美春に連絡したの？」

「美春がすぐに来てくれることになった」

「それは、よかった」

「佐知子は家にいなさい。美春が付き添ってくれる」

数分後、救急車がサイレンを鳴らしながら近づき、家の前に止まった。

明夫と美春は救急車に乗り込んだ。車中の救急救命士の応急処置によって、
彼の肩や背中の激痛は治まった。

# 3

明夫は、協和総合病院の救命救急センターの集中治療室で、不可思議な眠りから目を覚ましたのだった。

「ここは洞窟ではない。雄太はどこへ行ったのだ。雄太！」

彼はかすかな声を出した。辺りを見回し、今まで夢の世界にいたのだ、ということが分かった。

「高村さん助かったのです」

と言う高原舞看護師の声を聞いて、奇妙な深い夢から覚めたのだった。洞窟は冥土だったのだ。

明夫は冥土の手前まで行ったのだが、雄太に両手を引っ張られ、この世に戻って来ることができたと思った。

夢の中で明夫が最初に出会った福山先生は同じ高校で国語を教えていたことがあった。明夫は、先生が去る一月に心筋梗塞で死亡したという通知を受け取っていた。明夫が洞窟の手前で会った佐山先生は大学の先輩で、他の高校で英語を教えていた。先生は去る三月に肺癌で死亡しており、明夫は一カ月前に、佐山夫人から嘆き悲しむ手紙を受け取っていたのだった。夢の中で、先生たちは早く洞窟に来るようにと明夫を誘っていたのだ。雄太の機転で、明夫は洞窟の入り口で引きずり出されたのだ。そう思うと、背筋が寒くなると同時に、雄太に感謝したい気持ちで一杯だった。

翌日、明夫は集中治療室から、西病棟の四人部屋に移動した。一週間後、心臓カテーテル法による検査が行われた。二日後、担当医師の市川洋一先生が病室に入ってきて、

「検査の結果が分かりました。今後の治療について相談したいので、明日、娘さんと一緒に私の部屋に来て下さい」

と穏やかな口調で言って、すぐに帰って行った。

その日、空は晴れ渡り、三階の病室から、遥か遠方に江の島の展望台が見え

た。その上空を鈍い鉛色の飛行機が、厚木のほうに向かって飛んで行った。明夫は窓辺にたたずんで外を眺めていた。

「お父さん、元気?」

美春の声が聞こえた。彼が後ろを振り返ると、

「ああ、よかった。お父さん、生きていた!」

と言って、美春は微笑んだ。

「そう簡単に死ぬものじゃないよ」

「そうよね、よかった」

美春はまじまじと明夫を見詰めた。

「じゃ、市川先生の部屋に行って、検査の結果を聞くことにしよう」

二人は三階の奥の市川先生の部屋に入り、テーブルの後ろの席に座った。白衣をまとった先生は、二人の真ん中の席に座り、手際よくパソコンを使い、五カ所にわたって冠動脈が硬化している様子を説明した。

その後、市川先生はテーブルの上にA4サイズの紙を広げ、動脈が詰まっている五カ所を図で示し、

「心臓の付け根の左とその下部の二カ所の動脈は九十パーセント詰まっており、右側の二カ所も九十パーセント詰まっています。ですから、血液の流れがよくないのです。肩と背中の激痛は血液が順調に流れていないから起こったと思われます。病名は狭心症です。お分かりになりましたか？」

市川先生は真剣な表情で病名を伝えた。

「よく分かりました。では、どのような治療をすればよいのでしょうか」

美春は深刻な眼差しを先生に向けた。

「三つの方法があります。一つ、心臓バイパス手術、二つ、心臓カテーテル治療、三つ、薬物療法です」

市川先生は明快に述べた。

「先生、私の症状を考えて、どの治療が一番よいでしょうか」

明夫は戸惑いながら尋ねた。

「うーむ、高村さんは高齢ですからバイパス手術は無理ですね。そうすると、カテーテル治療になりますが、しかし、心臓の付け根のすぐ近くの動脈が詰まっています。ここを治療するのは難しいのです。リスクが高いと言わざるをえません。薬物療法が一番安全ですね」

「でも、薬物療法だとまた同じような発作に襲われる危険があるのではないですか。何か特効薬はありませんか」

「特効薬と言えるものはありませんが、血液をさらさらにする薬を飲めば、ある程度の改善を望むことができます。さて、どうしますか。カテーテル治療と薬物療法、二つのうちどの方法を選ぶか、家族会議を開いて、数日のうちに決めて下さい。もし、カテーテルの治療を希望する場合には、私が信頼する先生を紹介します。では、ご家族の結論を待っています」

明夫と美春は市川先生に丁寧に頭を下げて、部屋を出た。

市川先生は白衣をなびかせながら、集中治療室のほうへ向かって行った。

その時、明夫は、マッサージ師の心のこもった助言を聞き流したことを深く恥じ入ったのだった。

明夫は薬物療法には限度があると思って、高校教師の頃に教えた生徒で、現在、東北総合病院に勤務している岩田典男医師にセカンドオピニオンを求めた。岩田医師はカテーテル治療を勧めたが、何か問題がある時のことを考慮して、循環器内科だけではなく、心臓血管外科のある病院を選ぶようにと付言した。

明夫は美春と二女の和美に狭心症に関する情報をインターネットで調査するように依頼した。二人の調査によると、市川先生が紹介しようとしている岩本義男先生が最適の医師であることが分かった。明夫は、娘たちの調査と岩田医師の意見を総合的に考えて、自分の態度を決めたのだった。

二日後、高村家の一族、計十人が、協和総合病院の待合室に深刻な顔をして集合した。

四女の秀美はアメリカのオレゴン州に滞在しており、数日後に帰国すること になっていた。

明夫は担当の看護師の許可を受けて、車椅子に乗り、美春の案内で一階の待合室に行った。美春が司会を務めて、

「どのような治療を受けるかは、お父さんの意志を尊重したいと思いますが、皆さん、それでよろしいでしょうか。お母さん、それでいいですか」

と尋ねた。

高村家一族の全員が美春の提案に同意した。明夫は八十四歳となり、高齢だったが、意を決して市川先生が紹介する病院でカテーテル治療を受けたい、という意見を述べた。彼は十人と固い握手を交わした。

雄太はつかつかと前に進み出て、

「おじいちゃん、死んじゃやだ！」

と言って、明夫の両手をぐいぐい引っ張った。

長女の真理は、娘のひとみを前のほうへ連れてきた。その後に、和美が息子の昭平を連れてきた。ひとみは幼稚園児、昭平は中学二年生だった。二人は、

「おじいちゃん、頑張ってね」

と声を揃えて言った。

真理は栄養補助剤を持ってきて、

「体力をつけて治療するんですよ。ひとみの小学校の入学式には必ず出席してね」

と励ましの言葉を述べた。

「必ず元気になって帰ってきてね」

佐知子の目に涙があふれていた。

数日後、明夫は、協和総合病院の市川洋一先生の紹介状を持って、純正会病院を訪れ、岩本義男先生の診察を受け、その日に入院し、翌日、心臓カテーテ

ル治療を受けた。

約七十分の治療が午後三時に終わり、明夫は安定した足取りで、自分の病室に戻ってきた。

四人の娘たちは明夫の顔をじっと見詰めていた。

「お父さん生きているのね。ああ、よかった」

真理が喜びの声を上げげると、後の和美、美春、秀美もめいめい安堵の表情を浮かべた。四女の秀美は、アメリカから急遽帰国し、実家で佐知子に会ってから、早速息せき切って病院に駆け付けたのだった。

「足腰もしっかりしているわ」

和美はやっと笑った。

「顔色もいいわ」

美春は明るい声で言った。

数分後、白衣をまとった岩本先生が病室に現れた。

「高村さん、治療は成功しました。安心して下さい。冠動脈の五カ所にステントを入れて、一気に治療しました。明日、退院です。好きなテニスをしてもいいですよ」

岩本先生は相好を崩し、娘たちに目を向けて、

「美人の四人娘とは羨ましいね。元気になるはずです」

と言った。

「退院後はどうしたらいいですか」

明夫は尋ねた。

「薬をきちんと飲むことです。では、退院の時にまた診察します」

岩本先生は笑顔を振りまいて帰って行った。

明夫をはじめ娘たちは深々と頭を下げた。

その後、秀美は、紙袋を持ってきて、

「オレゴンからのお土産よ」と言って、明夫にナイキのスニーカーを手渡した。

「元気になったら、これをはいて散歩をしろということか」

明夫は嬉しそうな表情を浮かべた。

「その通りよ」

秀美は言った。四人は一斉に笑った。

明夫はベッドから起き上がり、パジャマの襟を整えて、娘たちと一緒に窓の外を眺めた。秋の空は高く晴れ上がり、丹沢の山並みのかなたに富士山の姿がくっきりと浮かび上がっていた。

秀美は東京の真理の家に一泊して、アメリカに戻って行った。

明夫は、美春の車に乗って、三週間ぶりに自宅に帰ってきた。

「あなた、お帰りなさい。美春、いろいろお世話になったわね。ありがとうね」

佐知子は真っ先に、美春にねぎらいの言葉を述べた。

「お母さん、これで一安心だわね」

「ほっとしたわ。あなたはやっと生気を取り戻し、血色がよくなってきたわ」

「お父さん、今夜はゆっくりとお休み下さいね。お母さん、ではよろしく。これからバス停まで、雄太を迎えに行ってくるわ。失礼します」

美春は急いで出掛けて行った。

「あなた、これから十分気を付けてね。無理しちゃだめよ。いろんな仕事はもう断ったほうがいいわ。命あっての物種《ものだね》だからね」

「うん、分かった。いろいろ心配を掛けてすまなかった」

明夫夫婦はやっとくつろいだひとときを過ごすことができた。

4

明夫は近くの銀行で偶然美春に会った。

「こんなところで会うなんて珍しいわね」

美春は明るい笑顔を見せた。

「税金を払いに来たのだ」

「いつもお母さんが税金の支払いをしていたでしょう」

「うん、そうだ。だが、私が退院した翌日に、税金の督促状がたくさん届いたのだよ。私が佐知子に代わって、市民税、県民税、介護保険料、固定資産税など、今、一括して納入し、ほっとしているところだ。最近、佐知子は物忘れがひどくなってきたようだからね」

「ご苦労さま。そのことで、お父さんに相談したいことがあるの」

「そうか。分かった」

明夫は、美春と一緒に近くの公園のベンチに座った。海のほうから心地よい風が吹いてきた。

「お父さんが入院してから、お母さんは急激に物忘れがひどくなりましたね。会う度に雄太の音楽発表会は何日か、と聞くのよ。前もって知らせてあるんですけどね」

「地域のボランティア活動をやめてから、心の張りを失ったようだ。その上、私が入院中、話し相手がいなかったからだよ。私にも、毎日、曜日を尋ねる。それから買い物に出掛ける度に鍵がないと大騒ぎする。やっと見つかると、安心して出掛けるのだ。帰宅した時、自分の鍵を使って入ってきたのに、その鍵をどこに置いたか分からなくなり、また大騒ぎして、やっと見つけてほっとするのだ。その後、雄太に誕生日のプレゼントをあげたかどうか分からなくなり、ひどく心配する。確かにあげた、と言うと、その時は納得する。だが、次の日、また同じ質問を繰り返す。さらに、最近、毎晩、戦後のひもじい思い出をしみじみと語り続ける。私は、そうか、そうか、と相づちを打つことにしているよ」

「物忘れ、心配、不安、思い出などが交錯しているのですね。だけど、お父さんのほうが五つ年上でしょう。物忘れすることない？」

「物忘れがひどくなったよ。しかし、私には物忘れ予防の秘策があるんだ」

「何ですか？　聞きたい！」

「秘策というよりも若い頃からの習慣だね。簡単なことだ。ベンジャミン・フランクリンは十三の徳目の中で『物はすべて所を決めて置きなさい』と言っている。三十代の頃から、私はその徳目を守っているよ。今では年老いて記憶力もかなり衰えてきたがね。でも、日用品は決めた所に置いてあるので、困ったことがない」

「初めて聞いたわ。私もお父さんに見習うわ。……実は、現実の問題として、お母さんに安心していただけるよい考えがあります」

「何だね」

「お母さんのために、大きなカレンダーを用意して、重要なことを記録しておくことにしましょう」

「それはよい考えだ。頼むよ」

明夫はベンチからゆっくりと腰を上げ、手提げを持って美春と一緒に家に戻った。

翌日の夕方、美春はベージュのブラウスを身に着けて実家を訪れ、玄関で明夫に挨拶してから、軽やかな足取りで居間に入ってきて、テーブルの上に大きなカレンダーを広げた。

「ねえ、お母さん、このカレンダーに月日と曜日が印刷されているでしょう。過ぎた日をマジックで消すのです。それからね、日にちの欄の下の余白にその日の出来事を書いておくといいわ。さらに、今後の予定を書いておきましょうよ。このカレンダーを見れば、過去、現在、未来のことがはっきり分かります。毎日、安心して穏やかな気分で楽しく過ごすことができるわ。そう思わない?」

美春は茶目っ気たっぷりな眼差しを佐知子に向けて微笑んだ。

「あら、いい考えだわ。今日から実行しよう」

佐知子は同意した。

明夫は機転が利く娘を持って幸せだと思った。

数日後、すがすがしい秋晴れの日に、佐知子は、

「応接室の窓を開けて、新鮮な空気を入れておきましょう」

と明夫に言って、鍵を取りに行った。その時、佐知子は急に慌てふためいて、

「あら、どうしよう。鍵がないわ」

と言い出した。

二人はその鍵を探し出すことができなかった。高村家の応接室は外側から鍵を使って入るように設計されていたのだ。それ故に、明夫はロックセンターに電話して、新しい錠前を取り付けてもらったのだ。費用は五万円。年金生活者にとって大金だ。佐知子はうっすらと涙を浮かべた。

十月下旬、美春の家に三姉妹が集まって、明夫の快気祝いをすることになった。彼は佐知子と一緒に出席した。

「先日、応接室の鍵を紛失してしまったの。鍵を取り替えたわ。五万円でした」

と佐知子は残念そうに言った。

「あら、大損ですね」

真理は同情した。

「お母さん、私の家の合い鍵を持っているでしょうね。急用の時に必要ですから」

美春は心配顔で尋ねた。

「持っているわ。これでしょう?」

佐知子は財布の中から鍵を取り出して見せた。

「あっ！　それが応接室の鍵だ」

一瞬、明夫は驚愕と慙愧の入り交じった表情を浮かべた。一同は、一斉に、その鍵に目を向けた。

「その鍵の錠前は古くなってさびがついていた。取り替えたほうがよかったのだよ」

明夫は佐知子の心中を慮《おもんぱか》った。

高村家は、美春の夫、利宏が運転する車に乗って、慣例の夕食会に出掛けた。孫の雄太は車中で佐知子としり取り遊びを始めた。片方が答えに詰まる頃、浜見屋に到着した。

「どっちが勝ったの?」

美春が尋ねた。

「引き分け。おばあちゃんがこうさんしなかったよ」

雄太は車から降りながら言った。

一行は浜見屋の奥のほうの席に座り、めいめい自分の好みの寿司を取って食べた。デザートの時間になって、雄太は佐知子に自分の誕生日を尋ねた。美春の発案によって、毎回同じ質問を繰り返すことにしていた。しかし、和気あいあいの語らいだった。高村家の夕食会は至福のひとときだったのだ。

食後、一行は腹鼓を打って車に乗った。

「さて、お母さん、帰りは私がお相手をする番ですよ」

美春は、佐知子の物忘れを少しでも改善するような方策を真剣になって考えていたのだ。

「秋の七草を覚えているかしら」

「覚えていますよ。ハギ、オバナ、クズ、ナデシコ、オミナエシ、ええと……」

「お父さん助けて！」

「フジバカマ、それにキキョウだろう」

明夫は口を挟んだ。

利宏は、明夫の家の玄関の前で車を止めた。

「おじいちゃん、おばあちゃん、月が出ているよ」

雄太の甲高い声が響いた。

「雄太はよく気が付く子だね」

佐知子は感心して言った。

二人が車を降りて、夜空を見上げると満月が美しく光り輝いていた。

「バイバイ」

雄太は大きな声を上げた。

車はゆっくりと動き出した。

# ファッションショー

高村明夫は寄る年波には勝てず、平成二十六年、八月の下旬、狭心症の治療を受けた。その後、同二十九年十一月に至るまで月一回通院しながら、何とか自宅で通常の生活を送ることができるようになった。

一方、妻の佐知子は難聴に悩まされ、物忘れがひどくなってきた。不思議なことに、彼女は、毎朝、電気釜で主食の米を炊くことができるのだが、最近、いつものように副食物を用意することができなくなった。幸い明夫は学生時代に自炊生活をした経験があったので、毎朝、人並みの朝食を用意することができた。

一カ月が過ぎた。自己流の素人料理であっても、毎朝、妻がおいしそうに食べる様子を見るのは楽しいことだった。彼は朝食と昼食の用意をし、食後の後片づけもした。見るに見かねて、近所に住む三女の美春が夕食の総菜を届けてくれるようになった。明夫は妻と一緒に美春の心のこもった料理の味を満喫してから、ソファーに深々と身を埋め、テレビを観ながら、しばしくつろぎのひとときを過ごすのだった。皿洗いは翌日の朝にしようと思ったのだが、「明日為すべきことは今日これを為せ」というベンジャミン・フランクリンの言葉を思い出し、食後の片づけをその日のうちにしようと心に誓った。佐知子は米を炊き、よく洗濯するので、彼は自分のできることをしようとしたのだった。しかし、数日後、不運なことに風邪を引き、夕食後、皿洗いをする余力がなかった。その晩、夕食の総菜を持ってきた美春に、

「風邪を引いてちょっと体調を崩しているんだ。食べ終わったら、皿洗いをしてくれないかな」

と頼んだ。

「お安いご用だわ。あら、風邪を引いたの？　お大事に。頃合いを見計らって、また来るわね」

美春は屈託のない笑顔を浮かべて帰って行った。

夕食後、美春は、

「御免下さい」

と言って、家の中につかつかと入って来て、台所に行き、てきぱきと皿洗いをして「お父さん、皿洗い終わったわよ」と明夫に向かって言った。

「あら、あなた、皿洗いを頼んだの？　台所は女の城よ。私の許可を得ないで何てことをするの！」

佐知子は激しい剣幕で明夫と美春を交互ににらみ付けた。

佐知子は早寝早起きをモットーとしていた。午後七時のテレビのニュースを観てからすぐ床に就いた。その夜、用心深い明夫は電気、水道、ガスの器具を点検してから、居間のソファーで夕刊に目を通していた。その時、二階から佐知子が階段を下りてくる足音が聞こえた。突然、寝間着姿の佐知子が、髪を振り乱して居間に入ってきた。明夫は佐知子の取り乱し姿に驚愕し、

「体の具合が悪いの？」

と尋ねた。

「そんなことないわ。今後、あんなことをしたら承知しないからね」

彼女は面相を変えて怒り出した。

「あんなこと？」

「美春に皿洗いをさせてはいけないわ」

「分かった。謝るよ」

彼はひどくショックを受けた。

彼女は結婚して以来、家事一切を切り盛りしてきた。特に台所は彼女の城だった。いくら娘と言えどもその城を明け渡すことはできなかったのだ。

そう言えば、数年前に同じような現象が起こったのだった。

現在は情報化社会である。日常生活においても、情報機器であるパソコンを手放すことができない時代になった。高村家では、美春に頼んで、パソコンを用いて印刷した年賀状を出すことになった。佐知子は学生時代に書道塾に通っており、字が上手だった。明夫に代わって、毎年、年賀状のあて名書きをするのを楽しみにしていた。しかし、時代の流れに逆らうことができず、彼女はその仕事を娘に譲ってしまったのだった。それでも、彼女は諦めきれず、年末になると、手書きの年賀状には心が込められているが、印刷されたものは味気ないとこぼしていた。

佐知子は過去の苦い経験を踏まえて、自分の城である台所に同居者以外の者が侵入することを認めようとしなかったのだ。しかし、彼女は実際には皿洗いをする要領と体力を失っていたのだ。そういう訳で、明夫は老骨に鞭打って彼女に代わって彼女の城を守っている現状なのだった。

明夫は折に触れ、食洗機があると手間を省くことができるので、とても便利だと言うのだが、佐知子は一切聞く耳を持たなかった。戦中戦後の物のない時代に貧しい生活を送った彼女は現在でも生活費の節約に努めた。彼は彼女の気持ちも分かるので、自分で食器を洗うことにした。

　佐知子は美春の皿洗いを拒否したが、美春が夕食のために持ってくる総菜を拒否せずに喜んで受け取った。佐知子はもう自分で夕食の用意をすることができなくなっていることを悟っていたので、美春が夕食の総菜を持ってくるのを楽しみに待っていた。一家の主婦としての矜持を持っていたが、佐知子はもはや三度の食事の用意をすることができなくなっていることに気が付いていたのだ。毎日の生活上の買い物をするにしても、美春を頼るようになり、美春が毎日家に顔を出すことを待ち望んでいる様子だった。

　美春は夕食の総菜を数種類のタッパーウェアに入れて持ってくるようになった。うれしいことだった。しかし、明夫はおいしい夕食に舌鼓を打ち、満腹感に浸り、佐知子と歓談した後では、もはや食事の後片付けをする気力がなくなってしまうのだった。

　明夫は、早朝、軽く体操をした後で、台所で食器等を洗ってから、朝食の準備をすることにしたのだ。佐知子はそのような彼の手順に納得していた。彼の自己流の朝食を、彼女は「おいしい、おいしい」と言って食べた。朝食には、野菜類、卵、ヨーグルト、納豆、果物などを用意するように心掛けた。

やがて年末が近づいてきた。佐知子は、

「そろそろ年賀状を出す準備をしなければならないわね」

と言い出した。

「これから喪中の挨拶状の印刷を近くの弘文堂に依頼しようと思っていたところだ」

「あら、そうなの?」

「だって姉と栃木の兄が続けざまに亡くなっただろう」

「あら、そうだったわね。ごめんんね」

佐知子は自分の兄弟の死亡ではないので実感がなかったようだ。明夫にとっては悲しみに満ちた月日だった。死が彼の身にも迫ってくるような不安を覚えていたのである。

翌日の夕方、居間でくつろいでいる時に、佐知子は、

「そろそろ年賀状を出す準備をしなければならないわね」

と昨日と同じことを言い出した。

「だから喪中だと言ったでしょう」

「そうだったの。知らなかったわ」

と言って、彼女は意外な事だというような表情を浮かべた。

数日後、佐知子は、数回、年賀状の印刷について尋ねた。明夫は彼女の異常な行動について美春に相談した。

その日の夕方、美春は総菜を持って、明夫老夫婦が座っている居間に入ってきた。

美春はにっこり笑みを浮かべて、佐知子に近づき、

「お母さん、おいしい総菜を持ってきたから、食べてね。それからね、話は

変わるけど、今回は年賀状は準備しなくてもいいのよ」

と言った。

「どうして？　いつも美春が印刷してくれたでしょう」

「だって、お父さんの兄弟が亡くなっているから、年賀状は出さないことになるのよ。その代わり、喪中の挨拶状を準備しなければならないわね」

「あら、そうだったわね。すっかり忘れてしまっていて、ごめんね」

佐知子は悲しそうな表情を浮かべて言った。

美春は「メモ用紙をちょうだい」と明夫に言った。明夫が一枚の原稿用紙を渡すと、美春は早速サインペンで喪中の挨拶状を送る理由を大きな字で書いて、佐知子のテーブルの側に貼り付けた。

「これでよく分かるわね。ありがとう」

佐知子は感謝の言葉を述べた。

十二月の上旬、寒い北風が吹く夕方、明夫は佐知子を伴って、街角の郵便ポストの前に立ち止まった。

「さあ、喪中の挨拶状を投函しよう」

明夫が言った。

「分かったわ」

佐知子はハガキの束の半分を丁寧に投函した。

「後の半分はあなたが入れてね」

「うん、そうしよう。よーく見て確かめてね、一、二、三、はい、入れたよ」

明夫ははっきりした口調で言った。佐知子は安堵の表情を浮かべて微笑んだ。

その後、二人は近くのスーパーに買い物に行ってから、帰途に就いた。

数日後、佐知子は年賀状の準備について、再度話題にしたが、

「二人で郵便ポストに喪中のハガキを入れたじゃないか」

と明夫が言うと、「そうだったわね」と言って佐知子は苦笑した。

年末になるとなにかと忙しい。明夫は妻を伴って、駅前のデパートに行き、例年通り歳暮を贈り、さらにお節《せち》料理を予約した。帰り際、時計を見ると十二時を過ぎていたので、明夫はどこかレストランで昼食を取ろうと思った。明夫は佐知子の希望通り、ファーストフードの店に入り、若い人たちと一緒にハンバーグを頬張り、現役時代の頃を思い出していた。佐知子は食欲が旺盛で、さらにフライドポテトやサラダを注文し、上機嫌だった。明夫はコカコーラを飲みながら、二階の窓から道を行く人たちを眺めていた。晴れた午後の陽射しが、前方の銀行の窓ガラスにまぶしく反射していた。

明夫は年末の主な用事を済ませたので、家に帰ったら、風呂に入り、ぐっすり眠り、日頃の疲れを癒やそうと思った。

夕方、帰宅してから、明夫は風呂を沸かした。脱衣場に入ると殊のほか寒く感じた。

先週、下村内科医院で定期検診を受けた後で、明夫は主治医に呼び止められた。

「先生、何でしょうか?」

明夫が丁寧に尋ねると、主治医は、

「朝晩めっきり冷え込むようになりました。お風呂に入る時には十分に気を付けてくださいね。最近、高齢者の入浴時の事故が多くなっているんです」

と言った。

「はい、分かりました。どういう点に気を付ければいいんですか」

「一般に脱衣場とお風呂の温度差がある時には特に注意しなければなりません。高村さんは狭心症の治療を受けていますからね。脱衣場を二十度くらいに暖めておき、湯の温度は三十九から四十一度くらいがいいですね。それに浴槽のふたを開けて、浴室も暖めておくと安全です」

「先生、ありがとうございます。実は数日前、もと勤めていた学校の友人が風呂場で倒れたという話を聞き、入浴事故が心配になり、数日間、風呂に入っていません」

「そうですか。でも、今、お話ししたようなことを注意すれば大丈夫です。あまり神経質にならなくていいですよ。適度に入浴することも大切です。不衛生になるとよくないですからね」

「その言葉を聞いて安心しました」

明夫は深々と頭を下げて辞去したのだった。


明夫は主治医の忠告を守り、電気ストーブを用いて、脱衣場と風呂場の温度を調節した。

夕食後、明夫は佐知子に、

「どうぞ先にお風呂に入って。体がリフレッシュするよ」

と言った。

彼女は一カ月以上も入浴することを拒否していたのだ。

「風邪気味だから遠慮するわ」

といつも同じ言葉を繰り返した。

夕方、美春は総菜を持ってくるたびに、佐知子が同じ服装をしているのに気が付き、

「お母さん、お風呂に入りなさいね」

と言うのだった。しかし、佐知子は「はい、はい」と返事をするのだが、一向に実行に移そうとする気がなかったのだ。

二日後、明夫は佐知子と美春を伴って、持病の診察を受けるために、下村内科医院に出掛けた。佐知子は、

「どうして私と美春が一緒に行かなければならないの？　あなたの症状が悪化したの？」

と不審な表情を浮かべて尋ねた。

「先日、血液検査をしたのだ。先生はその結果を家族に知らせたいと言っていたからね」

明夫はそう答えた。しかし、明夫はこの機会に佐知子の物忘れのひどい症状を主治医に診断してもらおうと思っていたのだ。そして、佐知子の症状の診断書を書いてくれるよう要望し、その結果を地域包括センターに連絡して、彼女がデイサービスを受けられるよう依頼すれば、一カ月以上も風呂に入らないという異常な事態を避けることができると考えたのだ。

明夫は予定通り主治医の診察を受けた。その後で主治医は佐知子の症状を丁寧に診察した。その結果、佐知子の認知機能が著しく低下していることが分かった。

明夫はF市から委託された地域包括支援センターに相談し、佐知子の介護保険――要介護認定・要支援認定の申請書をF市に提出した。その後、明夫夫婦と美春はF市の委託を受けた調査員から日常生活の具体的状況について尋ねられた。その訪問調査と主治医の意見に基づいて、F市の介護認定審査会で審査が行われ、佐知子は要介護2の判定を受けたのである。

明夫は熟慮の末、Fサポートセンターで佐知子がデイサービスを受けるのが最善であるという結論に達した。

佐知子のケアマネジャーは岡田昭人という人だった。

このケアマネジャーの計画の下、Sサポートセンターで佐知子は入浴や食事の提供、日常生活に必要な機能訓練を受ける予定だった。

十二月中旬の月曜日、午前八時半、岡田ケアマネジャーが二人の女性の保健師たちと一緒に専用の自動車で明夫の家を訪れた。明夫は、佐知子がこの車に乗って行けば、デイサービスを受ける機会を得て、やっと入浴することができると思い、ひとまず安心した。

明夫はまず岡田ケアマネジャーを応接室に迎え入れ、佐知子を紹介しようとした。彼女は怪訝な表情を浮かべて後ずさりした。明夫は柔らかな物腰で、

「先日、話をしたでしょう。Ｓサポートセンターに行って、おいしい昼食を取り、その後で入浴してから、気持ちの優しい仲間と一緒に童謡を歌ったり、好きなゲームをしたりすれば気分が若返るよ」

と、かいつまんでデイサービスの内容を説明した。

「私はそんな話を聞いたことはないわ」

「数日前、美春がデイサービスの内容を説明したら納得したじゃないか」

「そう言えばそんなことを話していたわね。もうすっかり忘れてしまったわ。私は知らない人と話をしたり、食事をするの大嫌いです。若いころ、会社に勤めていた時に、社員旅行があったわ。私は参加しなかったの。ホテルに泊まり、お酒を飲んでよその課の知らない人たちと歌ったり、踊ったりするの大嫌いだったからね。最初は参加しなかったけど、社員旅行に行かないと会社を首にするなんて脅かされたから、しぶしぶ出掛けて行ったのよ」

佐知子はいろいろと理由をつけて、デイサービスを受けることを執拗に拒否した。

「うん、よく分かったよ。でも、佐知子のことを心配して、せっかく迎えに来てくれたのだから、デイサービスの内容を詳しく説明してもらおうよ」

明夫は心を込めて言った。

「そんなことを言うなら、あなたが行ったらいいじゃないの。私はいやよ」

佐知子は岡田ケアマネジャーの顔をじっと見詰めていた。その後、佐知子は二人の女性の保健師たちに向かって、

「あら、若いお姉さんたちだわ」

と言った。

「はい、私たちはあなたのお友だちになりたいのよ。さあ、一緒にお車に乗って行きましょうね」

年上の保健師は明るい笑顔を見せた。

「私は行くつもりはありません」

佐知子はあくまでも自分の主張を通そうとした。

岡田ケアマネジャーの一行はやむなく帰って行った。


最近、佐知子はテレビの番組で自然の風景が映し出されるのを観た時に、社員旅行で訪れた昇仙峡の美しい光景について懐かしそうに語っていたのだった。その時、明夫は、彼女がてっきり楽しい思い出を語っていると思ったのに、実は会社の企画にしたがってやむなく旅行していたのだと聞いて、今さらのように驚いたのだった。

佐知子は若い頃から笑い声が絶えない陽気な女性だった。彼女は本質的には明るい女性だが、最近になって物忘れがひどくなってから、とみに心配性になり見知らぬ人を警戒するようになった。

明夫は美春と一緒に居間に戻り、ソファーに座った。

「お母さんはなんて頑固な人なんでしょう。困ったわね」

美春は溜め息をついた。

「しばらく様子を見て、今後のことを考えることにしよう。何と言ってもお風呂に入らないので、困っているのだ」

明夫は苦しい胸のうちを吐露した。

「毎日、同じ服装をしているけど、下着を取り替えているの？　気を付けないと、不衛生になるわ」

「分からないよ。よく洗濯するし、天気の日には必ず毛布や布団を干している。この点は感心しているんだ」

「そうなんだけどね。家族の者はいいとして、あの同じ服装では親類縁者はもとより知人には会わせることができないわ」

「だから衣類の着替えについてもやんわりと美春から言ってくれよ」

「お父さんが言ってあげたらいいじゃないの」

「いくら夫でも、女性の服装についてはとやかく言いにくいのだよ」

「そうかも知れないわね」

「何と言っても、風呂に入ってもらうことが先決問題だね、風呂に入ればおのずと下着や上着も取り替えるだろう。何かいい考えがないかね。この間、美春の提案で、雄太が、おばあちゃん、お風呂に入らないと、一緒に食事に行けないよ、と言ってくれたのだけど、そのアイデアも効果がなかったのだよ」

「そうだったわね」

「何とかいい手だてはないかね」

「年末に和美さん夫婦が息子の昭平を連れて二泊三日の予定で帰省するでしょう。姉に協力してもらったらどう？」

「それはいい考えだ」

明夫は明るい声で言った。

その後、明夫は三人の娘たちと相談して、佐知子が風呂に入る気持ちになる方法を考えた。佐知子の誕生日は一月一日である。三人の娘たちが佐知子の誕生日の祝いに、家庭で着られるような衣服と下着を購入することにする。そして大みそかに紅白歌合戦を観ながら、佐知子、明夫、和美の家族の順番に風呂に入ることにし、まず佐知子が風呂から上がった時に、祝いの衣服を試着し、皆の前で披露するという段取りである。三人の娘たちは、奇抜なアイディアだと言って、賛成した。

十二月三十日、午前十時、三人の娘たちから佐知子宛の郵便物が届いた。

「あなた、娘たちから誕生祝いのお品が届いたわよ」

佐知子は満面に笑みを浮かべた。

「早く、その箱を開けてみなさい」

明夫は言った。

佐知子は興味深い眼差しを向けて箱を開けた。

「あら、衣服だわ。ちょっと派手な柄だけど私の好みに合うわ。下着も入っている。早速、正月に着ましょう」

「うん、いいじゃないか。若い気持ちで正月を迎えることができるよ。明日、和美が来るから試着してみたらどう？」

「そうするわ。なかなか気が利く娘たちだわね」

「そう思うよ。大みそかが待ち遠しい」

明夫は真意をもらした。

十二月三十一日、空は晴れ渡り、風はなく、陽光が庭の芝生に降り注いでいた。

「そうだわ。今日は天気がいいから、娘たちの部屋の布団や毛布を干しておこう。和美はいつも部屋を清潔にしていたからね。夏に来た時には、ダニがいると困るから前もって布団を干しておいてと言っていたわ」

佐知子はそう言って、鼻歌まじりで二階の部屋に向かって、階段を上がって行った。

午後四時、和美は夫の高広と高校二年の息子の昭平と一緒に現れた。

「いらっしゃい。さあ、こちらへどうぞ」

佐知子は喜びの色を見せた。

「自動車で来たのだね。混んでいただろう」

明夫は笑顔で迎え入れた。

「そうよ。高広さんは運転が上手だからね。年末だから、多少は渋滞していたけど、予定通り着いたわ」

和美はそう言った。

午後五時、明夫夫婦、それに美春と和美の家族が勢ぞろいし、近くの和風の店で年越しそばを食べてから、高村家の居間のテレビで年末恒例の紅白歌合戦を観ることになった。

明夫は風呂の水を取り替え、湯を適温に沸かし、電気ストーブで脱衣場を暖めておいた。

派手に着飾った男女の司会者たちによって、紅白歌合戦の開会宣言が述べられた。佐知子は娘や孫たちに囲まれて喜悦の表情を浮かべていた。

「適当に順番を決めてお風呂に入ってね」

明夫は皆に告げた。

和美は周りを見回し、

「ねえ、提案があるわ。レディーファーストでお母さんが最初にお風呂に入り、次にお父さん。その後には自分の聴きたい歌手の順番を確認し、適宜、行動に移すことにしましょう」

と述べた。皆は賛成と叫んだ。

「そうだ、誕生祝いのプレゼントのお礼を娘たちに述べようね」

明夫は間合いを見て佐知子に言った。

佐知子はにっこりうなずき、美春と和美に向かって、

「素敵なプレゼントありがとう。正月にはこの衣服を着て、初詣でに行きたいと思っているのよ」

と言って、四角い箱を開いた。皆は拍手を送った。

「一番目にお風呂に入り、さっぱりした気持ちになってから、その衣服を試着して皆さんに見せてちょうだい」

美春はそう提案した。

「そうだわね」

佐知子はその箱を抱えて風呂場に向かった。

「リンス入りシャンプーが戸棚に入っているからね」

明夫は間髪を入れずに言った。

娘たちはお互いに顔を見合わせて、ほっと一息ついた。

紅白歌合戦はだんだんと盛り上がってきた。派手な衣装をまとった女性のアイドル歌手がステージに現れ、昭平のお気に入りの曲を歌い始めた。昭平は目を輝かせて耳を傾けていた。

「ちょっと時間がかかっているね。いつも烏の行水みたいに早く湯から上がる人だがね。髪を洗っているのかな。それならいいんだが。少し心配になってきた。和美、様子を見てきてくれないか」

明夫は落ち着かなかった。

「分かったわ」

和美は風呂場の戸をそっと開け、中の様子をうかがって戻ってきた。

「大丈夫よ。新しい衣服に着替えて、自分の姿を鏡に映していたわ」

「ありがとう」

明夫は安堵の胸を撫で下ろした。

数分たってから、佐知子はベージュ色のツーピースをまとい、笑みを浮かべて居間に現れた。十歳くらい若返って見えた。皆が一斉に彼女に視線を向けた。

彼女は二、三歩前に進んでから、両手を腰にあて、しとやかに一回りしてから、

にっこりほほ笑んだ。孫の昭平が、大きな声で、

「おばあちゃん、まるでファッションショーみたいだ！」

と叫んだ。その時、彼女は拍手喝采を浴びた。

早寝早起きをモットーとする佐知子は、和服姿の女性歌手の演歌を聴いてからすぐに床に就いた。

元旦、高村家に集まった一同は近くの神社に初詣でに行った。二日、午前中、和美は昭平を連れてテレビの青春アニメの背景になっている神社を探索するために鎌倉に出掛け、夫の高広は近くの新林公園を散策した。午後、和美と入れ替わりに長女の真理が娘のひとみを連れて、キャリーバッグを引きながら実家を訪れた。和美は玄関の前で、

「お母さんをお風呂に入れてね」

と言って帰って行った。

二日の夕方、明夫老夫婦は、真理とひとみや、美春の家族と合流して回転寿

司の店に行き、それぞれ好みの寿司やデザートを食べながら、寛いだ雰囲気に浸り、楽しいひとときを過ごした。実家の居間に戻ってから、小学五年生の雄太と三年生のひとみは仲よく、スマホゲームなどをして楽しんでいた。

明夫はふと大みそかの夜の光景を思い出して、佐知子に、

「誕生祝いのプレゼントのお礼を言ってね」

と言った。

「そうそう、忘れていたわ」

とうなずき、佐知子は真理に向かってお礼の言葉を述べた。そばで遊んでいたひとみは、

「おばあちゃんのファッションショーを見たい。その話、雄太ちゃんに聞いちゃった」

と笑いながらせがんだ。真理は、

「ファッションショー?」

と言って驚いた表情を見せた。

明夫は真理に大みそかの出来事を説明した。

「そう、分かったわ。今夜もお願いしましょうね」

と真理はひとみに言って、楽しそうに笑った。

その夜、佐知子は同じようにファッションショーを行い、上機嫌で早めに就寝したのだった。

明夫は三人の娘たちが協力すれば難問も解決できるものだと思い、深く感じ入ったのだった。

三日の午後、真理とひとみは帰って行った。明夫は佐知子の入浴の問題がひとまず解決したので、やっと肩の荷が下りた。しかし、娘たちが帰った後、佐知子が自主的に風呂に入るかどうか分からなかった。そのことが心配の種だった。明夫は入浴の問題をはじめ老夫婦の日常生活をどのように組み立てていったらよいか考え始めていた。

# 娘たち

高村明夫は、妻の佐知子が老人性難聴で苦しみ、物忘れがひどくなり、風呂に入らず、衣服の着替えもしないので、非常に心配していた。そこで、彼は、地域包括支援センターを通して、彼女が、デイサービスに通うことができるよう手続きを済ませた。しかし、彼女は何かと理由をつけて、デイサービスに行くことを拒絶したのである。その後、明夫は三人の娘たちの協力を得て、佐知子が風呂に入るようになったので一安心したのだった。

平成三十年三月中旬、明夫は散歩に出掛け、新林公園の丘の頂上にたどり着いた。山桜のつぼみがほころび始めていた。心地よい春風が彼の頬を撫でていった。彼は眼下の景色を眺めながら、妻の佐知子との今後の生活についてあれやこれや考えていた。彼女が再び風呂に入らなくなったので、彼は心を痛めており、以前と同様に三人の娘たちに協力を求めようかどうかと迷っていたのだ。

明夫は公園の坂を下り、犬を連れて散歩している近所の知人と世間話をしてから、午後五時頃に家に着いた。

「ただいま」

彼の背中にはわずかに汗がにじんでいた。

「お帰り。電話があったわよ」

佐知子は玄関で彼を迎えた。

「誰から？」

「和美からよ」

「分かった」

彼女は難聴のため電話では込み入った話をすることができなかった。彼は二女の和美に電話をかけるために二階の書斎に向かった。

「もしもし、先程は電話ありがとう。散歩に出掛けていたところだ。元気かい？」

「お父さんに報告したいことがあるのよ。春の人事異動でね、今度、本社の課長になるのよ。女性で初めてだわ。重責を担うことになるけど、もりもりと働くつもりよ」

「おめでとう。これからは女性が活躍する時代だからね」

明夫は祝意を告げた。

和美は学生時代から理系に関心があり、メカに強いほうだった。現在、ＩＴ企業の中堅の技術者である。

「お母さんは元気？　その後、お風呂にちゃんと入っている？」

和美の心配顔が明夫の脳裏に浮かんだ。

「実はその話でこちらから電話をかけるつもりだった。大みそか以来、お風呂に数回入っただけだ。夕方、美春がお総菜を届けに来て、春になり暖かくなってきたから、お風呂に入りなさいと言うと、みんな寄ってたかって同じことを繰り返して言うようだったら、この家にはいない、と佐知子は震え声で言うのだよ。何とか都合をつけて来てくれないかね」

「ねえ、いい考えがあるわよ。課長昇格の報告という理由をつけて、一泊二日の予定で春分の日の前日に実家に行くことにするわ。美春とよく相談し、お母さんが入浴する気持ちになる環境づくりに力を入れるから」

「ありがたい。よろしく頼むよ」

明夫は深く溜め息をついて受話器を置いた。

その夜、明夫は長女の真理に妻の生活状況について電話で詳しく報告し、何事についても和美や美春の相談に乗ってほしいと頼んだ。

約束の日の夕方、和美は実家を訪ねた。佐知子は笑顔を浮かべて和美を居間に迎え入れた。ソファーに座っていた明夫は立ち上がって、

「さあ、こっちに座って」

と言って、彼女に椅子に座るように勧めた。

「その前に、三人の娘たちを代表してお母さんにプレゼントを持って来たわ。早速、今日から使いましょうね」

和美はそう言って、佐知子に四角い箱を手渡してから席に腰を下ろした。

「ありがたくいただくわ。さて、何が入っているのかしら」

「バスタオル・フェイスタオルセットよ」

「気が利くわね」

佐知子は目を輝かせて箱を開けた。

「お気に召した?」

「こんな高価なお品、もったいないわ」

「今まで、一生懸命働いてきたんだから、これから贅沢して暮らすのよ」

「それもそうね」

佐知子は上機嫌だった。

午後五時、明夫夫婦は、和美と美春夫婦と孫の雄太を連れて、駅前のレストランで夕食会を催した。

帰宅後、一同は居間に集まり、和美の課長就任を祝うティーパーティーを行うことになった。初めに明夫がお祝いの言葉を述べてから、皆はショートケーキを食べ、お茶を飲み、楽しいひとときを過ごした。次に和美が立ち上がり、

「本日は、お父さん、お母さんをはじめ皆さんありがとうございます。わが社では女性課長は初めてですが、ＩＴ企業において、日本の先端を行くように頑張ります。姉さんの真理さんは多忙のために本日は出席していませんが、会社の部長として、自分の力量を発揮していますので、姉さんを見習って私も頑張ります。四月から給料があがりますのでステップワゴンの新車を買います。皆さん、私の新車に乗って温泉に行き、たっぷりと湯につかり、日頃の疲れを癒やしましょう」

和美はやや緊張した表情を浮かべて座った。皆は和美に拍手を送り、しばらく談笑した。

佐知子は和美が一泊するのかどうか何度も聞き返した。

「今夜、お母さんの隣の部屋に寝るから安心してね」

和美は答えた。

「ありがとう」

佐知子はうれしそうな表情を浮かべた。

「お母さんはいつも七時半には床に就くと言っていたけど、もうお風呂に入る時間だわ」

和美は柱時計を見詰めて言った。

「そうだわね。和美は泊まるんでしょう?」

「そうよ。私がお風呂の湯加減を確かめておいたから大丈夫よ。それに電気ストーブで脱衣室を暖めておいたわ」

「本当に泊まるの?」

「その通りよ。何も心配しないで、ゆっくりお湯につかって下さいね」

「はい、分かったわ。タオルはどこに置いたかしら？」

「箱の中に入っているわ」

佐知子は箱の中からバスタオルを取り出した。

「あら、とてもよい香りがするわ」

そう言って、佐知子が風呂場に入ろうとした時に、雄太が、

「おばあちゃん、これをどうぞ」

とリンス入りのシャンプーを手渡した。

「幸せだわ。こんなやさしい孫がいるなんて」

佐知子は笑みを浮かべて、ゆっくりと腰を上げ、風呂場に向かった。

翌日、明夫はいつもより早く起きた。佐知子は居間のお決まりの椅子に座り、新聞を読んでいた。和美はかいがいしく台所で食事の準備をしていた。

「あら、あなたいつもより一時間も早いわね。珍しいことだわ」

佐知子はしげしげと明夫の顔を見詰めていた。

「和美が来ているからだよ。さわやかな目覚めだった」

「お父さん、お早うございます。間もなく朝食の準備が調います」

和美は元気な声で言った。

いつも今朝のようなリズムで毎日の生活を送りたいものだ、と明夫は心底思った。若い娘が一緒に生活すると、家の中が活気に満ち、彼は生きる喜びをひしひし感じるのだった。

朝食後、明夫老夫婦は居間でくつろぎながら、和美と歓談した。

午前十一時、和美は二階の部屋の仏壇の前に座り、線香をあげ、先祖に祈りを捧げてから、帰宅の準備を始めた。

明夫老夫婦は駅前のレストランで和美と一緒に昼食を取った。

和美は佐知子の隣の席に座り、

「五月の連休には二泊三日の予定で三人で帰省するわ。それまでお元気でね」

と言った。

「楽しみにしているわ。八人乗りの新車に乗ってくるの？」

佐知子が尋ねた。

「そうよ。連休中だから、混雑しているので、遠出することはできないけど、近くの公園まで乗せてあげるわ」

「ありがとう。胸がわくわくするわ。その日がくるのを楽しみに待っているわよ」

佐知子は目を細めて喜び、紅茶をおいしそうに飲んだ。

明夫は笑みを浮かべながら二人の会話に耳を傾けていた。

和美は午後二時の電車に乗り、帰途に就いた。

翌日、明夫はケアマネジャーの岡田昭人に電話をかけて、

「佐知子は三人の娘たちの協力を得てやっと風呂に入りましたが、今後、自分の意志で風呂に入るかどうか心配です」

と伝えた。岡田は、

「ある高齢の女性は半年以上も風呂に入っていません。あまり深刻に考えないで下さい。本人はSサポートセンターを利用する気持ちがない訳ですから、その時の都合でどなたか娘さんに協力してもらって下さい。折を見てお宅へ伺います。本人とお会いして、もう一度デイサービスの内容を説明したいと思います」

と言って電話を切った。

佐知子は耳が遠い。かかりつけの医者は老人性難聴であると診断を下している。明夫は彼女が岡田ケアマネジャーと十分に話し合うことができるかどうか心配になってきた。そこで明夫は佐知子を伴って、補聴器専門店を訪れた。店員は補聴器の種類や使用法について丁寧に説明した。しかし、佐知子は大きな声で話をすれば意志が通ずると言って、補聴器を使用することを頑として断った。明夫はやむなくその店を出た。二人はバス停に向かって歩いて行った。途中、佐知子は道端に立ち止まり、

「ねえ、あの店の補聴器の値段があまりにも高いので驚いたわ。あんな高価なものを購入して、あなたに迷惑を掛けたくないわ」

と言って、急に明夫の両手を握り締めた。

その日の夕方、明夫老夫婦は居間で子ども向けのテレビ番組を観ていた。佐知子は娘たちの育ち盛りの頃を思い出すと言っていた。その時、チャイムの音が鳴り響き、間もなく美春が居間に入って来て、テーブルの上に総菜を置き、

「腕によりをかけて料理したのよ。おいしいわよ。食べてちょうだい」

と言ってから、一瞬、両手で耳をふさぎ、

「テレビの音が大きい。隣の家の人たちに迷惑を掛けているのではないかしら。春の季節には戸が閉まっているからいいとしても、暑い夏がやってきたら、窓を開けておくでしょう。その時には、周囲から苦情が出ると思うわ。気を付けてね」

と訴えた。

困ったことに佐知子は難聴のため、いつもテレビの音量を最大限に上げるのである。明夫も美春の言う通り、常日ごろ周りの人たちに迷惑を掛けているのではないかと心配していたのだった。

「今日の午後、佐知子と一緒に補聴器専門店を訪ね、店員にいろいろと難聴の改善策について相談してきたところだ。これから佐知子とよく相談するからね」

明夫は実情を美春に説明した。

「よく分かりました。私もこのことについて、姉さんと相談するわ。では、これから夕御飯を食べてね」

美春は納得した表情を浮かべて帰って行った。

一週間後、土曜の午後、真理がひとみを連れて実家を訪れた。

明夫老夫婦は喜びの表情を顔に浮かべて、娘と孫を居間に迎え入れた。

「お父さん、お母さん、お久しぶり。お元気そうで何よりです」

「おじいちゃん、おばあちゃん、こんにちは」

真理とひとみは丁寧に頭を下げた。

「今か今かと待ちわびていたよ」

明夫は言った。

「さあ、さあ、椅子に座って一休みしなさい」

佐知子は上機嫌だった。

「お母さん、耳が遠くなって困っているという話を美春から聞いたんだけど、どんな様子なの?」

真理は佐知子の耳元で尋ねた。

「私の母も年を取ってから、耳が遠くなって困っていたわ。親譲りなんでしょうかね」

「そうかも知れないわ。それでね、耳の不自由なお母さんのために、とても便利な機器を持ってきたわ」

真理は四角い箱を佐知子に手渡した。

「さて、何でしょう。あら、音声拡聴器だわ。取扱説明書には、受話器のように耳に当てるだけで音声がよく聞こえると書いてあるわ。ありがとう」

佐知子は喜びの声を上げた。

折しもテレビはプロ野球の実況放送をしていた。佐知子はこの機器を耳に当て、しばらくプロ野球を観戦し、自分のひいきのチームを応援した。

「お母さん、長い時間使用する時には、イヤホンをつけて、この機器を首から下げて利用するといいわ」

「分かったわ。そうしましょう」

「それに外出する時に携帯することもできるわ」

「それを聞いて安心したわ」

夕食後、一同は居間で歓談し、佐知子、真理とひとみ、明夫の順番で風呂に入り、床に就いたのだった。

五月の連休の金曜日、午後三時、明夫の家の前に八人乗りの自家用車が止まり、和美夫婦と息子の昭平が下車した。明夫老夫婦は玄関で和美たちを出迎えた。和美は庭の方に目を向けて、

「あら、ツツジの花がきれいに咲いているわ。東京の雑踏の街から湘南地区に移動し、新鮮な空気を吸い込むと、晴々とした気分になるわ。今夜、泊まるからよろしくね」

と言った。三人は丁重に頭を下げた。

「五月の連休の真っ最中、道路が混乱していただろう。さあ、どうぞ」

明夫は笑みを浮かべた。

「あら、昭平君は見違えるほど背が伸びたわね。四月から高校三年生になったのね」

佐知子は昭平に尋ねた。

「はい、そうです。よろしくお願いします」

昭平は礼儀正しく答えた。

一同は居間に座り、しばしくつろいだ。その後、明夫老夫婦は和美から近況について報告を受けた。

昭平は、将来、野球選手になるために、中高一貫教育校のB学園の中学に入学し、野球部に入部した。部活で優秀な成績を収め、レギュラー選手になれば、B学園の高校に入学してからも野球部の選手として活躍できると考えていたからである。B学園の野球部は、甲子園に出場したことがある東京の有名校である。昭平は中学の野球部でかなりよい成績を収めていた。しかし、彼は両親とは異なる夢を描くようになった。中学を卒業してから、都立高校に入学し、現在、部活では軽音楽部に入部し、ヴォーカリストとして活躍している。文化祭で大いに活躍し、女子生徒たちの注目の的となり、生き生きとして高校生活を

送っているのである。和美は本人の前で、

「もっと早く昭平の意向を聞くべきだったけれど、まだ遅くはないわ。昭平には自分の希望する大学の学部に入学してもらいたいと思っているの」

と語ったのである。昭平は、

「お母さん、お父さん、ありがとう」

と言い、両親と固い握手を交わしたのだった。

明夫老夫婦は和美と昭平の言葉に耳を傾けていたが、明夫は和美に向かって、

「次に、新課長の抱負を語ってもらいたいね」

と要望した。

「語るほどの役割ではないけれども、この機会にお話しするわね。私は以前プロジェクトマネジャーとして働いていたの。四月から総合決済システム課長に任命されました。まず私は自分の課の方針を示し、部下がその方針にしたがって仕事を行うよう指示します。そうすると部下は自分の仕事の成果を報告

し、その後、連絡を密にして、次の仕事の相談をします。つまり、課長は部下の仕事をしっかりと管理し、円滑に運営することを旨とします。その場合、部下がたえず相談できるよう配慮することが大切だと思います」

和美は淡々とした態度で語った。

「つまり、ホウレンソウ（報連相）を大切にするということだね」

「その通りだわ、お父さん、よく分かっているじゃないの」

「よくそういう話を聞くからね。新課長に期待しているよ。健康に留意し、あまり無理をせずに平常心で頑張ってね」

「よく分かりました」

ここで新課長の話は一段落した。

一同は紅茶を飲み、しばらく談笑した。

和美は佐知子の隣に座って、

「お母さん、いつも音声拡聴器を使用しているの？」

と尋ねた。

「真理からもらったものを使用しているけど、時々、操作するのが面倒臭くなり、ついテレビの音量を大きくしてしまうわ。そんな時には、お父さんからひどく怒られるのよ」

佐知子は苦笑した。

「今日はテレビの音声をはっきり聞くことができるスピーカーを持ってきたわ。主人が購入したの」

和美がそう言った時に、高広は気を利かせて、その機器を佐知子のテーブルの前に設置した。佐知子は自分の聞きたい場所でテレビの音声を楽しく聞くことができた。こんな便利なものがあるのを知らなかった、と言って佐知子は喜んだ。

佐知子は三人の娘たちの協力によって、何とか入浴するようになった。また、彼女は難聴のためテレビの音量を最大限に大きくしていたが、音声拡聴器やスピーカーを使用することによって、近所の人たちに迷惑を掛けることがないようになった。さらに、最近、充電式集音器を購入した。明夫は佐知子の入浴拒否や難聴の問題を一応解決することができたと思った。

月曜日、空は雲一つなく、晴れ渡っていた。佐知子は朝早く家の前にごみ箱を出したのだが、市のごみ収集車はそのごみを持っていかなかった。彼女は、

「失礼しちゃうわ。ちゃんと税金を払っているのに、ごみを持っていかないのよ」

と言って不機嫌になり、市役所に苦情の電話をかけた。

明夫は朝食を取ってから、居間で新聞に目を通していた。佐知子は「今日は天気がいいわ」と言って、二階で布団を干していた。その時、チャイムの音が聞こえた。早速、明夫は玄関の戸を開けた。そこにごみ収集の作業員が現れた。

「何か御用ですか」

明夫は不審に思って尋ねた。

「ごみの収集の件でまいりました」

「そう言えば先ほど家内が市役所に電話をかけていました」

「そうなんです。ひどく怒られましてね。奥さんご在宅ですか」

「はい、二階にいますので呼んできます」

「どうも恐れ入ります」

数分後、明夫は佐知子を伴って玄関に戻った。ごみ収集の作業員は深々と頭を下げて、

「奥さん、私はごみの収集を担当している森川です。これからごみ収集についてご説明したいと思います」

と言って、ごみ収集日程カレンダーを佐知子に手渡した。

「私は耳が遠いので、主人に説明して下さい。私は後で主人から説明しても

らうわ」

と言って、佐知子はそのカレンダーを明夫に手渡してその場を立ち去って行った。

森川は目をしばたたきながら「カレンダーを開いてください」と言ってから、ごみ収集のスケジュールについて話し始めた。

まず、彼は可燃ごみ、ビン、ペットボトル、不燃ごみ、プラスチック、本、廃食用油等の戸別収集の曜日と時間を述べ、次に自治会の集積所に出す新聞、段ボール、古布類等の収集日と時間を述べた。

一息ついてから、彼は、

「その他分からないことがありましたら、関係部署に連絡して下さい」

と言って丁寧にお辞儀をして帰って行った。

明夫はよくよく考え、佐知子は金曜日に出すべきペットボトルを月曜に出していたことが分かったので、今後、気を付けようと思った。

佐知子は今までどうにかこうにかごみ出しの役目をやり遂げてきた。明夫はそのことについて佐知子に感謝しなければならないと思った。しかし、最近、彼女は物忘れがひどくなり、今後、この仕事を適切に処理することは無理であると判断を下した。そこで明夫はこの役目を引き受けようと決心した。

しかし、明夫は宵っ張りの朝寝坊の習慣を身に付けていたので、朝早く起きることができるかどうか心配だった。そこで前日の夜、寝る前に、彼は指定のごみを玄関先に出して置くことにした。そうすると、安眠することができるのだった。年を取り、この役目に心理的な苦痛を感じていたが、体を動かすことが多いので、慣れてくると気分が爽快になるのだった。午後、ごみを出す時には、余計な心配をすることはなかったが、明夫の新たな行動に佐知子が不快感を示すのではないかと思った。しかし、思ったよりすんなりと、彼はこの役目を引き継ぐことができた。実は、佐知子は、朝早く別な役目があったのである。それは彼女にとって実に楽しいことだった。

美春の家は歩いて数分の所にある。毎朝早く、佐知子は美春の家へ行く通り道を竹ぼうきで掃除することにしていた。家の裏側には新林公園が広がっており、風の日には樹木の落ち葉が道路に舞いあがっていた。

佐知子の主たる目的は、道路の掃除の後で、元気な姿で登校する孫の雄太を門の前で見送ることだった。

五月下旬、明夫は朝食を調え、食卓に着き、佐知子が帰ってくるのを待っていた。彼女は食堂に入ってくるなり、

「雄ちゃん、元気に学校へ出掛けたわ。あの子はほんとうに可愛いね」

と言って、目を細めた。

「うん、そうだね。さあ、食べよう」

「ありがとう」

彼女は口元に微かな笑みを浮かべた。

明夫老夫婦は朝食を食べ始めた。明夫は年のわりに食欲があった。佐知子も

負けず劣らず、うれしい、おいしいわ、と言って、家族料理の味に舌鼓を打った。

朝食後、明夫はソファーに座って、新聞のテレビ番組に目を通していた。佐知子は向かい合わせに座り、

「ねえ、雄ちゃんは小学の五年生になったの?」

と尋ねた。

「いや、六年生になったんだ」

「そうなの。月日のたつのは早いもんだわね。今朝も元気に出掛けて行ったわ。雄ちゃんは顔立ちや肌の色まであなたにそっくりね。まるであなたを小さくしたみたいだわ。そう思わない?」

「そう言われればそうかもしれないね」

「歩き方も似ているのよ。あなたのお母さんが生きていたら、さぞかし喜んだことでしょうね」

「そう言われても、自分の歩き方は自分では分からないよ」

「それもそうね」

二人は腹を抱えて笑った。

佐知子は日課のように毎朝竹ぼうきを持って美春の家を訪れた。道路の掃除をしてから、雄太に会うのを楽しみにしていたのだ。

しかし、佐知子は曜日を間違えて、美春に迷惑を掛けることがあった。日曜日には親子とも朝寝を楽しみたいものだ。しかし、佐知子は曜日の観念がなく、五月下旬の日曜日、道路の掃除を済ませてから、美春の家のチャイムを鳴らし続けた。

美春は目をこすりながら、パジャマ姿で戸を開けて、

「今日は日曜日で休校よ。雄ちゃんはまだ寝ているわ。お母さん、もう家に帰ってもいいわよ。じゃ、またね」

と言って戸を閉めた。

佐知子はしょげ返った面持ちで家に戻った。

「ああ、今日は日曜日だって言うのよ」

佐知子はぶつぶつ言って、居間に入ってきた。

「このテーブルに今日の予定を書いた紙が貼り付けてあるだろう」

明夫は優しく言った。

「今後、気を付けるわ」

佐知子は溜め息をついてソファーに座った。

翌日の夕方、卓上の電話が鳴った。明夫は右手で受話器を取った。

「もしもしお父さん?」

「そうだよ」

「ちょうどよかったわ。和美です。その後のお母さんの様子を知りたいのよ。最近、お風呂に入っているの?」

「それがね、五月の連休以来ずっとお風呂に入っていないんだ」

「では、近日中に実家に行くわ。美春と協力してお母さんの面倒を見るからね」

「ありがとう。頼りにしているよ」

明夫はほっと息をついて電話を切った。


明夫は自分の妻の面倒を見ることができず、もっぱら三人の娘たちを頼りに生活している自分をふがいないと思った。

じっくり考えて、明夫はごく自然に佐知子が風呂に入る気持ちになる状況を設定することが大切だということに気が付いた。彼は次の土曜日に、雄太の同級生の友弘君が美春の家に遊びにくるという情報を小耳に挟んだ。その時、彼の脳裏にあるアイディアが浮かび上がってきた。よし、その方針で美春に交渉しよう、と意を決したのである。

その日の夕方、明夫は雄太の修学旅行の日程について佐知子と話し合っていた。彼女は、

「まだ小学生なのに奈良、京都まで行くのよ。ちょっときつい日程だと思わない？　心配だわ」

と言って苦々しげな表情を浮かべた。

「時代が変わったのだよ。新幹線で行けば心配はいらないよ」

明夫は言った。

「保護者会で誰か反対意見を述べる人はいなかったのかしら」

「学校の方針として、日本の伝統文化に触れるため奈良・京都へ修学旅行に出掛けることになっているんだよ」

「学校の方針なのね。仕方がないわね」

佐知子がそう言った時に、チャイムが鳴り、美春が総菜を持って居間に入ってきた。明夫は、

「雄太の修学旅行について話し合っていたところだ。話は変わるが、雄太の同級生の友弘君が遊びにくるようだね。お母さんも一緒にくるの？」

と尋ねた。

「お母さんは子どもを送ってきてからすぐに帰るわ」

「そこで、頼みがあるのだ。佐知子が友弘君に一目会いたいと言っている。美春の家に行く前に、ほんの五、六分でいいから、わが家に立ち寄ってくれないかね」

「お安いご用だわ。友弘君のお母さんにそのように伝えておくわ」

美春は気楽に約束した。

五月下旬の金曜日、明夫老夫婦は、夕食後、居間のソファーに座り、紅茶を飲んでくつろいでいた。佐知子は、

「あなたは雄太の同級生の友弘君に会ったことがあるの？」

と明夫に尋ねた。

「うん、あるよ」

「いつどこで?」

「春休みに美春の家で友弘君に会ったよ。彼は背の高い凛々《りり》しい顔立ちの活発な子だ」

「明日、友弘君に会うことができるわ」

「そうだね。お母さんも一緒にくることになっているよ」

「あら、そうなの。楽しみにしてるわ」


午後七時に始まったテレビのニュースは終わり、天気予報の時間になった。佐知子の就寝時間が近づいていた。

「さて、間もなく七時半になる」

と言って、明夫はテレビを消した。

「さあ、お風呂に入る時間だ。私は遅れてもよい。どうぞ先にお風呂に入ってね」

明夫は佐知子に入浴を勧めた。佐知子はいつもの通り、

「今日は風邪気味だからお風呂は遠慮するわ」

と言って、二階に向かって階段を上り始めた。明夫は後を追いかけて、踊り場の所で、

「明日、友弘君がお母さんと一緒にわが家に挨拶にくるだろう。体を清潔にして、こざっぱりとした服装で会ったほうがいいよ。雄太が恥をかかないようにね」

と言った。

「そうだわね。あなた、お風呂を沸かしたの?」

「よく掃除をして、水を取り替え、お風呂場を清潔にしておいた。心配はいらないよ」

「ありがとう」

佐知子は急いで階段を下りて、新しい下着とバスタオルを手に持って、風呂場に入って行った。

翌朝、明夫は六時に起きた。佐知子はいつも六時に起きて、仏壇に供えた湯呑みの水を取り替えてから、居間の雨戸を開ける習慣になっていた。しかし、その日の朝方、彼女の部屋の戸は閉まったままだった。彼は奇妙な不安に襲われて、彼女の部屋をそっと開けた。彼女はベージュのツーピースをまとい、鏡台の前で自分の姿を映していた。彼は安堵の表情を浮かべて静かに戸を閉めた。

「そうだ、あの衣装を身に着けて、友弘君とお母さんをわが家に迎え入れるつもりなんだ」

明夫は笑みを浮かべて呟いた。

# 孫の修学旅行

高村明夫と、妻の佐知子は湘南の海を眼下に見下ろすことができる丘の上に住んでいた。

明夫が高校教師を定年で退職してから、三女の美春夫婦が近くに移り住んだ。その年に美春の長男、雄太が生まれた。月日が流れ、雄太は小学六年生になった。

平成三十年五月下旬の金曜日、明夫老夫婦は、奈良・京都に修学旅行に出掛けた雄太の帰りを待ちわびていた。佐知子は高校時代に奈良・京都に修学旅行に行ったことを思い出し、その旅程はきついと思い、雄太が無事に旅行から帰ってくるかどうか心配していたのである。

その日の夕方、雄太は無事に帰宅し、美春と一緒に明夫の家を訪れ、京都の土産、八つ橋とコンペイトーを佐知子に手渡し、重い足どりで家に帰って行った。

佐知子は雄太の後ろ姿を見詰めながら、

「雄太は元気がないね」

と心配顔を見せた。

「旅の疲れが出ているのだろう」

明夫は言った。

明夫老夫婦は居間のソファーに座り、雄太の殊勝な気持ちを酌みながら、お茶を飲み、八つ橋を賞味した。

日曜の夕方、明夫老夫婦は、バス停の近くのファミリーレストランで夕食会を催した。孫の雄太は元気を回復し、ビーフステーキを平らげてから、奈良・京都の旅程について語り始めた。明夫は、

「印象に残っている名所旧跡はどこなの？」

と雄太に尋ねた。

「京都の金閣寺、二条城、それから清水寺だよ。とっても楽しい旅だった」

雄太は目を輝かせて答えた。

「そうか。どうして楽しい旅だったの?」

「あのね、予約したタクシーに乗って、金閣寺と二条城と清水寺を四人で見学したんだ。ドライバーが、時々冗談を言いながら案内してくれたんだよ」

「誰と一緒になったの?」

「女の子が二人、男の子は時々家に遊びにくる友弘君だ」

「そうすると、女の子が二人、男の子が二人、計四人でタクシーを一台借り切って見学したのだね」

「そうだよ」

「それじゃ楽しいはずだ。ぜいたくな時代になったね」

明夫は周りを見回して言った。

「そうなのよ。お金がかかってもそうすることがいちばん安全なのよ」

美春が口を挟んだ。

「旅程がきついと思ったけど、特定の名所旧跡をタクシーで回って行けば心配がいらないわね」

佐知子は納得した表情を浮かべた。

「だけどね、おじいちゃん、新幹線の中で、わいわい騒いでいるやつらがいて、とても不愉快だったよ」

雄太は腹に据えかねた表情を浮かべて言った。

「そうか、そうか。同じ姿勢で席に座り、ゲーム機器で遊んでばかりいられないからね」

明夫は雄太に向かって言った。

「うん、そうだよ」

と雄太はうなずき、身を乗り出して明夫に何か話したい口ぶりだった。

翌朝、明夫が居間で朝刊を読んでいる時に電話が鳴った。明夫は右手で受話器を取り、

「もしもし、高村です」

と言った。

「お父さん、美春です」

美春の元気のない声が聞こえた。

「お早う。何か急用？」

「今朝、雄太が食べ物を吐いてしまったのよ、それで、気分が悪いから学校へ行きたくないと言い出したのよ」

「食中毒？」

「そうじゃないのよ。雄太がひどい目に遭ったの。ちょっと私の家に来てくれる？」

「分かった。今、すぐに行くよ」
明夫はそう言って、急ぎ足で美春の家に向った。明夫は美春の家で事件の真相を突き止めることができた。

事件の本質はいわゆるいじめである。美春が雄太から聞き取った話の内容は次の通りである。

——修学旅行で奈良・京都へ出掛けた帰途、雄太は電車の席で友弘の隣に座っていた。電車が静岡駅を通過して間もなく、同じ卓球部に所属している女子児童が二人揃って雄太の前に現れ、「奈良・京都では一緒に写真を撮る機会がなかったわ。電車の中で写真を撮りましょう」と雄太に声を掛けた。そこで、友弘がカメラのシャッターを切る役目を引き受けてくれたのだ。いったん撮影が終わってから、また次に新たに女子児童が二人揃って現れ、雄太に撮影を申し込んだのである。通路で彼女らは楽しそうに笑い声を上げていた。その時、雄太は友弘にも一緒に写真を撮ろうと提案すればよかったのだが、不意の出来事だったので、そこまで気が回らなかった。その後、彼女らはきゃあきゃあと声を出しながら自分たちの席に戻って行った。

友弘は「うるせえな、早く帰れ」と大声で怒鳴ったのだ。雄太は「迷惑を掛けてごめんね」と友弘に謝ったのだが、友弘は「謝って済む問題じゃない」と言って、雄太の向こうずねを思い切り強く蹴飛ばしたのだ。次に後ろの席に座っていた男子児童の二人も、さらに雄太の頭を殴ったり、両足を蹴飛ばしたりしたのだ。雄太は日ごろ親しくしていた二人の級友たちからも殴る蹴るの暴行を受け、すっかり意気消沈してしまったのである。

美春の報告を受けて、明夫は、

「思春期の少年の心理を理解することは難しいが、結局、雄太はいじめられて、精神的な打撃を受けたのだ。それで、登校する前に不愉快な嫌な気持ちが胸に込み上げてきて、食べ物を吐き出してしまったのだと思う」

と言った。

「私もそう思うわ」

美春は同意した。

「今日、雄太は学校に行かない方がよい。精神的、肉体的ケアを受けることが大切だ」

「賛成だわ。では、早速、担任の先生に、雄太が欠席するという連絡をします。そして、まず、かかりつけの小児科医の診察を受け、その後、整形外科医院に行って傷の手当てをしてもらうことにするわ」

「それは的を射た考えだ。それで、両脚を蹴られて出血しているの?」

「はい、これです」

と美春は言って、カメラで写した雄太の生々しい傷跡を見せた。

「どれどれ、数カ所、皮膚が黒ずんで見える。内出血しているようだから、医者の診察を受けたほうがいい。それから、小児科医から精神状態に関する診断書、整形外科医からは怪我に関する診断書を書いてもらいなさい。その後で、雄太がいつ登校したらいいか考えることにしよう」

「お父さん、よく分かった。では、これから雄太を連れて小児科医院に行き、その足で整形外科医院に行ってくるわ。家に帰ったら、すぐにお父さんに電話するからね。その前に、うちの主人の勤め先に電話を入れておくわ」

「分かった。こういう時には、慌てずに落ち着いて車を運転するんだよ」

「はい、そうするわ」

美春は外出の支度を始めた。明夫は「ではお大事に」と言って別れた。

翌日の午後二時、明夫は居間で週刊誌を読んでいた。その時、チャイムが鳴り、美春が明るい表情で居間に入ってきて、

「お父さん、雄太のいじめの問題を円満に解決したわ」

とはっきりした声で言った。

「それはよかった。雄太が何の不安もなく精神的に自立して登校することができればいいのだが、今後、いじめの心配はないのだね」

「ええ、ないわ」

美春はそう返事をして、その経緯を次のように話した。

――学校に行く前に、美春は担任の杉村洋一先生に電話をかけて、いじめの問題を解決する手順の打ち合わせをしたのである。

まず、昼休みの時間に杉村先生と加害者の男子児童三人が応接室で美春と雄太に会うことになった。杉村先生は事前に三人に、今後、雄太に暴力をふるうようなことは一切しないと約束させ、雄太と保護者に謝罪するよう説得したのである。雄太も三人と仲直りするという誓約書を書くことになった。

美春は約束の時間に、雄太を連れて学校の応接室を訪れた。すでに杉村先生と男子児童三人が椅子に腰を掛け、畏まった表情を浮かべて雄太と保護者を待っていた。最初、杉村先生が立ち上がり、深々と頭を下げて、今まで自分の指導が十分に児童たちに行き届かなかったことについて謝罪した。次に、児童たちが、順次、雄太に明瞭な言葉で謝罪した。

美春は遠慮会釈なく、杉村先生と児童たちに、今後、絶対にこのようなことがあってはならないときつい口調で言った。そして医師二人の診断書を読み上げ、負傷した両脚の写真を見せて、これがどんな弁解もできないれっきとした証拠であると主張した。このような過ちを二度と犯してはいけないと美春は述べた後で、雄太も至らないところがあると思うが、このことについては、杉村先生の指導を受け、さらに自分もわが子の再教育に尽力するつもりだと付言した。最後に雄太は児童たちと固い握手を交わした。別れ際に、美春は話し合いの場を設定してくれた杉村先生にお礼の言葉を述べて帰途に就いたのである。

以上が児童たちのいじめの事件を円満に解決した美春の報告である。

美春は深く息をついて、コップの水を飲んだ。

「美春、ご苦労さんでした。ところで、この件について、保護者たちにも伝えてあるの？」

明夫は尋ねた。

「そのことについては担任の先生にお任せしました」

「うん、それは適切な考えだ。ここに至るまでだいぶ疲れがたまったろう」

明夫は美春にねぎらいの言葉を掛けた。

数日後の夕方、美春が総菜を届けに来た時に、明夫は、

「その後、雄太は元気に通学しているかね？」

と尋ねた。

「ええ、嫌がるそぶりは見せていないわ」

「それはよかった」

「昨日、雄太は外国人の英会話の先生に、廊下ですれ違った時に、ひどい目に遭ったね、元気を出して頑張れよ、と言われたそうよ。先生たちはいじめの事件を知っているようだわ」

「職員会議の時にいじめの事件が報告されたんだろう。どんな事件でも、先生たちが知っていた方がいいよ」

「そうね、先生たちはいじめの防止に力を尽くすでしょうからね」

「うん、そう思うよ」

明夫の言葉には実感がこもっていた。

「ねえ、テーブルの上に、肉ジャガとサラダとしらす干しが置いてあるからね。これからゆっくり夕御飯を食べてね」

「ありがとう。いつもお世話になるわね」

佐知子が言った。

美春は、

「明日の午後、保護者面談のために学校に出掛けるわ。三時間くらい家を留守にするけど心配しないでね」

と言って、家に帰って行った。

翌日の夕方、美春は鮭のホイル蒸しと筑前煮を持って、いつもの通り元気な笑顔を浮かべて居間に入ってきた。明夫老夫婦は美春の心配りに感謝した。

「担任の杉村先生に面談することができたわ。雄太はいじめを受けても落ち込むことなく、元気に勉強しているから心配はいらないと言っていたわよ。それに例の男子児童三人とも仲良く付き合っているそうよ」

「それはよかったな」

明夫は言った。

「杉村先生は、保護者たちに自分の子とどう付き合っていったらよいか、ということについてとても説得力のある話をしていたわ」

「どんなこと？」

明夫は興味を持って尋ねた。

美春は次のようにその要点を話した。

――子どもは両親の前ではいつもいい子ぶっているものだ。自分の不利なことは言わない。子どもは肉体的、精神的に十分に成熟していないが、夢を抱き、希望に燃え、正義感を持って行動する。しかし、時には、自分にはない資質を持った友人を嫉妬し、いじめることがある。すると、そのいじめっ子に同調した級友たちが、こぞってその友人に殴る蹴るの暴力をふるうことがある。

親の前ではいい子でも、時として、子どもは親の知らない隠れた裏の顔を持っているものだ。子どもは無邪気だから、自分の悪事に気が付かずに、一時の衝動に駆られて暴力をふるってしまうことがあるのだ。後になって自分の悪事を反省することになる。保護者は、子どもの裏と表、つまり陰と陽の両面を大所高所から把握し、温かい気持ちで自分の子の成長を見守っていただきたいのである。

美春は杉村先生の話の概要をこのように述べてから、

「実はね、例の男子児童二人の保護者たちが、帰り際に、いじめの件で私に謝罪したわ。私は、今後、仲良くしてくれればいいのよ、あまり気にしないで下さいね、と返事しておいたわ」

と付言した。

小学校の児童や中学校の生徒が、いじめを受けて自殺した記事を新聞で読む度に、明夫はひどく心を痛めた。しかも、実際に孫の雄太がいじめを受けたということを聞いて、明夫はこの問題を真剣に考えるようになった。幸運にも美春と担任の杉村先生の適切な配慮により、この問題は円満に解決された。明夫は、以前のように雄太が元気に通学する姿を見てやっと安心することができたのである。

六月下旬の日曜日、高村家の夕食会に美春夫婦と雄太が参加した。一行は行きつけのファミリーレストランに到着し、テーブルを囲んで座った。めいめい好みの料理を注文することになったが、いつも口数が多い雄太は黙り込んで下を向いていた。明夫は、

「雄太君、どうした？　今日はいやに静かだね。何か心配事でもあるの？」

と尋ねた。

「うん、あの……」

「どうしたの？」

「あのね、雄太が可愛がっていたセキセイインコのポッポちゃんが死んでしまったのよ」

美春が言った。

「そうだよ。きのう寝る前に、ぼくはポッポちゃんに話し掛けて、遊んでやったけど、その時はぺちゃくちゃさえずったりしなかったよ。なんとなく元

気がなかった。今朝、ぼくは起きてからすぐにポッポちゃんに水と餌をあげてやったんだ。ポッポちゃんは水を飲み、一口、餌をついばんだ直後、止まり木からばたっと落ちて死んでしまったんだ。ぼくが起きてくるのを待っていたみたいだった」

雄太は沈痛な面持ちで語った。

「ばたっと音がした時に、私が鳥かごに駆け付けたけど、その時にはもう息が絶えていたわ」

美春は悲しそうな表情を浮かべた。

「ぼくが庭の隅っこにポッポちゃんのお墓をつくってやったから、おじいちゃん、墓参りに来てね」

雄太は言った。

翌日の午後、明夫はポッポちゃんの墓参りに美春の家を訪れた。庭の片隅に土を小高く盛った墓があり、そこにはポッポの墓と書かれた小さな石碑が建っていた。

美春夫婦は雄太を連れ、余暇を利用して各地を旅行する。春休みや夏休みには沖縄を訪れることが多い。美春は旅行に出る前に、いつも明夫の家に鳥かごを預ける。子どもの頃、明夫は栃木の実家でヒワやメジロを飼っていたので、小鳥の飼育には慣れていた。セキセイインコはオーストラリア原産で、寒さに弱い。冬の季節には、鳥かごの中に固定されている小型暖房器具の温度を摂氏二十二度に設定しておく。

二年前の冬休みに、美春の家族が北海道へ出掛けた時に、例によって明夫は鳥かごを預かった。その時、とんだ失敗をしてしまった。明夫老夫婦は、いつも鳥かごを居間の片隅に置くことにした。佐知子は午後七時半に二階の部屋で床に就く。明夫はテレビを観たり、小説を読んだりしてから、遅くとも九時半に寝床に入ることにしている。その日、寝る前に、明夫は居間の電気器具の電源を切り、ガスの元栓をしめて「これでよし」と呟いて、二階の寝室に向かった。

　明夫は年を取り、夜半に二度ほどトイレに行く習慣がある。彼は午前一時に起きてトイレの電灯をつけた。一瞬、鳥かごの中の暖房器具の電源が彼の脳裏に浮かんだ。「しまった。あの電源は切ってはいけないのだ」と心の中で叫んだ。彼は慌てふためいて階段を下りて、鳥かごの電源をつけた。幸い鳥かごにビニールと布地のカバーを掛けておいたので、小鳥は元気だった。それ以来、冬には鳥かごの保全に細心の注意を払うように心掛けた。

　昨年、初夏の季節に鳥かごを預かった時のことを明夫は思い出していた。午前八時頃、水と餌を取り替えると、小鳥は待ち兼ねていたように水を飲み、餌をおいしそうについばんでいた。ポッポちゃん、と何度も声を掛けると、小鳥はぺちゃくちゃさえずりながら、明夫のほうに近づいてきた。こんな狭い鳥かごの中で過ごしていてさぞ退屈だろうと思い、彼は思い切って小鳥を部屋の中へ放った。小鳥は目を輝かして洋間の中を飛び回り、時々ピアノや書棚の上に止まり、楽しそうにさえずっていた。十五分たってから、彼は右手の人差し指を差し出した。小鳥はふわりと舞い上がってから、その指に止まった。

「そろそろ鳥かごに戻ろうね」

と明夫は言って、小鳥をかごの中に戻した。一日に三回、彼は小鳥を洋間に放った。小鳥はしばらく自由を楽しんでいた。

明夫はポッポちゃんと過ごした日々を思い出しながら、

「ポッポちゃんは天寿を全うしたんだ。これからは天国で自由に過ごしてくれ」

と呟いて、庭の片隅の小さな墓の前で、両手を合わせたのだった。

毎月、明夫の家にテレビ番組の案内マガジンが送付されるようになった。その紙面には洋画、邦画、海外ドラマ、国内ドラマ、スポーツ、アニメ・キッズ、音楽などの番組が記載されていた。その中に、彼の興味をそそる海外ドラマが紹介されていたのである。しかし、彼の家のテレビではその番組を観ることができないことに気が付いた。彼は通信会社に電話し、無線ＬＡＮをひいて、テレビのチャンネル数を増やす工事をしてもらうよう依頼した。

この事情を知った孫の雄太は、アニメ・キッズの番組に関心を寄せた。雄太は明夫の家に来て、子ども向け番組を観るようになった。この工事で無線ＬＡＮ親機が設置されたので、雄太は無線ＬＡＮを設定し、ゲーム機器を用いて好みのゲームを楽しむようになった。

待ちに待った夏休みを迎え、雄太は思い切り羽を伸ばして遊びたかったが、自分の思う通りにはならなかった。美春はすでに雄太のためにＫ学習塾の夏期講習の手続きを済ませていたのである。

夏期講習は午後二時から四時まで行われた。雄太は授業が終わると、週に二、三回、明夫の家に立ち寄った。雄太はゲーム機器を用いてゲームを楽しみたかったのである。午後四時半から五時半までが雄太の遊び時間だった。雄太は喜々としてゲーム機器を操作して楽しんだ。

明夫はあらかじめ雄太のゲームの時間を一時間にするよう取り決めたのである。雄太はおおかた約束の時間を守った。しかし、時々、もう一度挑戦したいと執拗に言い張って、時間を超過することがあった。ゲームは後を引くのだ。明夫は、雄太がゲームにのめり込まないように細心の注意を払った。そのような訳で、明夫はゲームをするよりもむしろアニメ・キッズの番組を観るよう勧めたのである。

八月中旬の午後、雄太は居間の指定席でゲーム機器を設定して楽しんでいた。その間、明夫は二階の書斎で書類の整理をしたり、友人に手紙を書いたりしていた。ふと、気になって、柱時計を見た。午後五時三十分だ。

「雄太のゲームの終了時間だ」

明夫はそう呟いて階段を下りて、雄太の脇に座った。

その時、チャイムの音が響き、美春が部屋に入ってきて、

「あら、雄太、ゲームをやめて家に帰りましょう」

と厳しい口調で言った。

「だって、まだゲームの途中だもの。後七分待ってよ」

「そうか。じゃ切りのよいところでやめることにしようね」

明夫は優しい声で口を添えた。

「そのように甘やかすからいけないのよ。もうやめなさい」

美春は言った。

雄太は不満を漏らしながらゲームを続けていた。七分後、ゲームが終わり、
雄太はやっと腰を浮かした。

翌日、午前八時半、美春は家事の手伝いをするために明夫の家を訪れた。美春は拭き掃除が終わってから、居間に入り、明夫の隣に座った。

「朝早くからご苦労なことだ。ありがとう」

明夫はねぎらいの言葉を掛けた。

「心配はいらないわ。それからね、雄太がゲーム機器を持ってちょくちょく訪れるからよろしくね」

「こちらこそ。孫に会うのが楽しみだ。ただ、ゲームの時間を厳守させるのが難しいね」

「約束の時間に合うようにゲームをすることが大切だわ。雄太にそのわけをよく言い含めて置くわ」

「そうしてくれるとありがたい。それでね、過度にゲームをするとよくないと思うんだ。ゲーム中毒になるんだよ。精神と肉体のバランスが崩れていくような気がして心配なんだ。『健全なる精神は健全なる肉体に宿る』という諺があるだろう。もっと運動に力を入れたらどうかね。テニスは今でもやっているの？」

「それがね、二週間ほど前からテニスをやめているのよ」

「どうしたのだ？」

「コーチからパワハラを受けたのよ」

「パワハラ？　具体的にどういうことなんだ」

「乱暴な言葉で雄太を怒鳴りつけるんだって。雄太は優しい子でしょう。それに耐えられないのよ」

「そうか。分かった。では、別のテニススクールに入って、別のコーチの指導を受けるようにしたらどう？」

「私もそう思っているところよ。『善は急げ』と言うでしょう。ぜひそうしたいわ」

二人はテニススクールの件で意見が一致した。

明夫は前から思っていたことだが、ゲームをするより、むしろ折に触れてアニメ・キッズの番組を観るよう雄太に勧めた。その話も明夫と美春の意見が一致した。

「雄太もそう思っているのよ。だけどね、おばあちゃんが全国高校野球大会を毎日観ているのでアニメ・キッズの番組は観られなかったと言っていたわ」

「ごめんね。でも、明日、高校野球の決勝戦が行われるから、その後なら自由にテレビを観ることができるよ」

「そうね。そのことを雄太に言っておくわ」

二人は実り多い会話を交わすことができた。

八月下旬、美春の家族は九州の鹿児島を旅行することになった。雄太にとっては夏休みの最後の旅行である。佐知子は常日ごろ何かと頼りにしている美春の家族が旅行するので寂しくなるとこぼしていた。

旅行の前日、美春は雄太と一緒に明夫の家を訪れた。

「今度の旅行は雄太にとって気分転換になるよ」

と明夫は言った。

「そうだわね。旅行中、留守番を頼みます。毎日、私の家の見回りに来てね」

美春は丁寧に頭を下げた。

「雄太君、鹿児島の名所を巡り、建造物を見るだけではなく、山や海や川など大自然を眺めて楽しむんだね」

「おじいちゃん、分かったよ」

「鹿児島に着いたらどこへ行くの?」

明夫は雄太に尋ねた。

「ぼくはね、世界文化遺産に興味を持っているんだ。それでパパに頼んで世界遺産『旧集成館』を一巡りしたいと思っているんだ。仙巌園の中にある反射炉跡と大砲のレプリカと異人館を見たいんだよ」

「よく調べてあるね」

「うん、歴史の本に、幕末期に薩摩藩の島津斉彬《なりあきら》が『集成館』を築いたと書いてあるんだよ。だから、そこへ行ってみたい」

雄太は歴史の本を小脇に抱えていた。

「真面目な子だね。それからどこへ？」

「パパがレンタカーを運転して、ぼくが文通している男の子の家へ連れて行ってくれることになっている。指宿《いぶすき》駅の近くだ」

「では楽しみだね。歴史の勉強をしてから、文通をしている子と友情を深めるというわけだね」

「うん、そうだよ」

「それでは、今、手に持っているゲーム機器を持っていかないほうがいいよ」

「でも……」

「旅行中にゲームするなんておかしいよ」

「そうだね。おじいちゃんが大自然を眺めて楽しめと言うから、そうするよ」

「おお、いい子だ。大自然を満喫するんだ」

「まんきつ？」

「ああ、ごめん。大自然の美しさを心ゆくまで味わうということだよ」

「そうするよ」

「このゲーム機器は私が大事に預かっておくよ。それからね、これはわずかな小遣いだが取っておきなさい」

明夫は雄太に小さな紙包みを手渡した。

「ありがとう。これで鹿児島のお土産を買ってくるよ」

雄太は嬉しそうに微笑んだ。

戦前、明夫は栃木の片田舎で少年時代を過ごし、小川で小ぶなを釣ったり、野山でキノコ狩りをしたり、庭で押しくらまんじゅうをしたり、竹とんぼを作ったりした。主に家の外で遊びに夢中になったものだ。四キロの林道を歩いて通学して、足腰を鍛えた。大自然に抱かれて育ったのだった。十三歳の頃までランプをともして勉強したことを思い出す。小学六年生の雄太はパソコンを操作することができる。そう思うと、まさに隔世の感がある。

明夫は仕事の関係でパソコンを使用していた。しかし、現在は浪々の身である。資料を検索する時以外には、パソコンを利用することがなくなってしまった。コンピューターは非常に便利である。アナログからデジタルの時代を迎えた明夫にとって、特に少年たちはゲーム機器を使っているのではなく、ゲーム機器に使われているような気がしてならないのである。ゲーム中毒に陥っている傾向がある。時にはゲーム機器から離れて、大自然の中で心を癒やす時間が必要だと思った。

明夫は年を取り、時代遅れの人間になってしまったと思いながらも、こう考えたのである。

――そうだ、鹿児島を旅行中、ゲーム機器に依存する日々から、雄太を解放してやろう。


後日、雄太は鹿児島の土産を持って明夫の家を訪れた。明夫老夫婦は、

「お帰り。無事でよかった」

と声を揃えて言った。

雄太は明夫と佐知子に四角い箱を手渡した。

佐知子は、

「あら、鹿児島の銘菓『かるかん饅頭』だわ。早速いただきましょう」

と言って、ご満悦の体《てい》だった。明夫は、

「こちらは鹿児島特産の『黒糖』だ。私の大好物だ」

と言ってから、

「そうだ、雄太君から預かった大事なものを返しましょう」

と言ってゲーム機器を雄太に手渡した。

「おじいちゃん、時々、このゲーム機器を使って、この居間で遊んでもいい？」

「もちろんいいよ」

「これからちゃんと前もって決めた時間を守ることを約束するよ。学習塾に行って勉強もするよ」

「いい子だ。心掛けがよい。アニメ・キッズの番組も時間を守って観てもいいよ」

「ありがとう」

雄太は嬉しそうに言った。

その時に美春が現れ、鹿児島の旅行の話で持ち切りだった。

明夫は、

「雄太にゲーム機器を返したからね。雄太は今後時間を守ってゲームをすると約束したよ」

と言った。

「ありがとう。何かとお世話になるわね。同じ機器でゲームをしないと、雄太は仲間外れにされたり、いじめられたりするのよ。以前、おまえは貧乏な家庭の子だろう、と口汚くののしられたそうよ。やっと安心することができるわ。今後ともよろしくね」

美春は涙ながらに語った。

「分かったよ。できるだけ協力するからね」

と言ってから、明夫は「明後日の雄太の誕生祝いのパーティーが楽しみだ」

と伝えて、笑顔を見せた。

# あとがき

本書は現代の高齢化社会における世代間の交流をテーマにした短編集である。各作品において、主人公は老後の生きがいを求めて積極的に諸活動に挑戦しようとするが、現役時代の仕事とは関係のない不慣れな生活上のさまざまな難問題に直面する。しかし、彼は娘たちや孫たちの協力を得て、身近に迫る幾多の困難を乗り越えて力強く生き抜こうとしている。

「タンバリンの音」は高齢者の生きがいをテーマにしている独立した短編である。「小銭入れ」は物忘れがひどくなった退職者の物語である。後に続く「家族の絆」「ファッションショー」「娘たち」、それに「孫の修学旅行」等の一連の作品は「小銭入れ」の続編と言える。主人公が同一人物なのだ。著者はこれらの作品において、「小銭入れ」のテーマをさらに深化させ、年を取り、判断力や理解力が衰えていくにもかかわらず、何とか積極的に生きていこうとする高齢者の生活の様相を多角的に描こうとしたのである。

最後に、本書の出版を快諾してくださった図書新聞の井出彰氏に心より感謝申し上げる。

**秋山正幸**（あきやま・まさゆき）
1946年、（旧制）栃木県立石橋中学校卒業、1952年、日本大学文学部英文学科卒業、1964～1965年、ミシガン州立大学およびオレゴン大学大学院に留学。日本大学名誉教授、日本大学陸上競技部元部長、日本ペンクラブ名誉会員、鎌倉ペンクラブ会員
主な著訳書に『ヘンリー・ジェイムズ作品研究』、『ヘンリー・ジェイムズの国際小説研究』、『ヘンリー・ジェイムズの世界』、『比較文学―日本と西洋』（オールドリッジ著編訳）、『日本と西洋の小説』（オールドリッジ著編訳）、『比較文学の世界』（共編著）、小説『矢よ優しく飛べ』（いずれも南雲堂）、『旅人の和―帰れ、大谷へ』（アイシーメディックス）、『箱根駅伝物語―ラストスパートをかけよ！』、『遠い青春、遠い愛』、『彼らが若かった頃―姉と弟の物語』（いずれも図書新聞）

**老いの日々**
**妻と娘と孫たちとの物語**

2018年12月20日　　初版第1刷発行

著　者　　秋山正幸
装　幀　　宗利淳一
発行者　　井出　彰
発行所　　株式会社 図書新聞
〒101-0051　東京都千代田区神田神保町2-20
TEL 03(3234)3471　FAX 03(6673)4169
印刷・製本　吉原印刷株式会社


ISBN978-4-88611-475-4 C0093

定価はカバーに表示してあります。
万一、落丁乱丁などございましたらお取り替えいたします。